AF198702

Nika

und

Milo

Bibliografische Information der Deutschen Nationalbibliothek .
Die Deutsche Nationalbibliothek verzeichnet diese Publikation in
der Deutschen Nationalbibliografie; detaillierte bibliografische
Daten sind im Internet über http://dnb.d-nb.de abrufbar.

Impressum
2019

© **Autor:** **Syna Ester**
© **Cover:** **Syna Ester**
© **Fotos:** **Syna Ester**

Herstellung und Verlag:
BoD- Books on Demand, Norderstedt

ISBN: 9-783750-425316

Liebe

erwacht aus dem
Dunkel

Milo ging langsam zum Fenster und schaute hinaus. Was für ein Wetter! Es regnete schon den ganzen Tag und es sah nicht danach aus, als ob die Sonne heute noch zum Vorschein kommen würde. Er mochte diese Tage nicht; sie verursachten in ihm eine Traurigkeit, die er sich nicht erklären konnte. Hatte er doch als Kind den Regen geliebt und sprang damals, wie die anderen Kinder auch, durch alle Pfützen. Pitschnass ging er anschließend nach Hause, doch seine Mutter und seine Großmutter lachten nur. Sie gaben ihm trockene Kleidung und alles war gut. Er dachte an seine Familie und setzte sich auf den Stuhl, der am Fenster stand.

Gedankenverloren blickte er aus dem Fenster. Wie lange war das schon her, als er seine Familie das letzte Mal sah? Jahre waren vergangen....

Damals, in seinem kleinen Dorf am Meer, als er mit seiner ganzen Familie noch zusammen lebte, da war er noch glücklich.

Sie waren eine große Familie und einer war für den anderen da.; eigentlich so, wie es dort in allen Familien war. Sein Vater nahm ihn schon frühzeitig mit hinaus auf das Meer wenn er zum fischen fuhr. Vater, dachte Milo, wenn du wüsstest, wie sehr ich dich vermisse. Deine ruhige Art, deine starke Hand und deine unendliche Liebe. Ich war dein ganzer Stolz und doch habe ich dich so bitter enttäuscht.

Seine Mutter, die Großeltern, Tanten und Onkel, alle liebten den kleinen Milo und er hatte es gut bei ihnen.

Doch irgendwann wendete sich das Blatt.

Seiner Mutter brach es das Herz und

sie verstarb vor lauter Kummer. Das hatte sein Vater niemals verwunden und ihn verstoßen. Er gab Milo an allem, was passiert war, die Schuld. Er hatte bis heute tiefe Schuldgefühle und bereute alles, was damals geschah.

Niemand in der Familie konnte seinen Vater umstimmen und so war er hier angekommen; irgendwann. Er wusste nicht mehr genau, wann es war, aber es spielte auch keine Rolle. Er war und blieb hier ein Fremder. Seine kranke Seele hatte ihn immer weiter von den Menschen entfernt und auch sie gingen ihm aus dem Weg. Sie hatten ihn ja in die Gemeinschaft aufnehmen wollen, aber er wollte nicht. Er hatte Angst vor den Fragen, die unweigerlich auf ihn zu gekommen wären. Was sollte er ihnen antworten? Die Wahrheit hätte er ihnen nicht erzählen dürfen; denn dann hätten auch sie ihn fortgejagt. Das Regenwasser rann an den Scheiben herunter und nahm ihm die Sicht nach draußen, aber das bemerkte er nicht; seine Gedanken waren in weite Ferne gerückt.

In diesem Sommer war es besonders heiß und die glühende Sonne hatte die Erde verbrannt. Kein Lüftchen wehte und wer nicht nach draußen musste, blieb im Haus. Erst gegen Abend wurde es etwas erträglicher, da vom Meer her ein sanfter Wind wehte. Wie alle Kinder war auch er nach draußen gegangen um sich mit ihnen zu treffen. Meistens setzten sie sich unter den uralten Olivenbaum, der mitten auf dem Dorfplatz stand. Sie spielten dann mit Steinen einen altes Spiel, das auch schon ihre Eltern und ihre Großeltern gespielt hatten. Es war ein Wurfspiel und wer die meisten Steine getroffen hatte, gewann. So vertrieben sie sich die Zeit, lachten und scherzten, bis sie von ihren Eltern zum Abendessen gerufen wurden. So war es jeden Tag, aber es wurde nie langweilig. Es gab auch nichts weiter zur Zerstreuung in dem kleinen Dorf und sie mussten sich immer wieder etwas Neues einfallen lassen, wenn sie die alten Spiele nicht spielen wollten. Wenn es wieder kühler wird, dann konnten sie hinunter an den Strand gehen um sich dort die Zeit zu vertreiben, aber jetzt war es einfach zu heiß dort. Der Sand glühte und sie hätten sich die Fußsohlen auf ihm verbrannt. Schuhe besaßen sie damals nicht und alle Kinder liefen barfuß herum. Selbst die Erwachsenen, meistens waren es die Frauen, hatten auch keine Schuhe an den Füßen. Von den Männern trugen auch nur die Schuhe, die einer Arbeit nachgingen, die es ihnen unmöglich machte, barfuß herumzulaufen. Alle hatten gleich wenig, aber sie waren glücklich und zufrieden. Noch nicht einmal ein Dutzend Familien lebten hier im Dorf und jeder kannte jeden.

Er erinnerte sich noch gut daran, wann immer ein Kind besonders gut in der Schule war, wurde es von allen gelobt und bekam einen Bonbon. Das machte stolz und glücklich. Doch auch an etwas anderes erinnerte er sich.

Wann immer eines der Kinder etwas ausgefressen hatte, musste es sich in acht nehmen. Denn so, wie sie ein Lob verteilten, so verteilten sie auch Schelte und manchmal gab es sogar eine kleine Ohrfeige. Da hieß es schnell sein und in

Deckung zu gehen. Ein Lächeln erschien auf Milos Gesicht, als er daran dachte.

So war es damals, als er ein Kind war; sie handelten wie eine einzige große Familie. Sie teilten die Freude und die Sorgen miteinander und wann immer einer Hilfe benötigte, es war jemand zur Stelle. Alle Kinder besuchten die kleine Dorfschule, die aus mehreren Klassen bestand und in der sie von einer Lehrerin und einem Lehrer unterrichtet wurden. Mittags gingen sie zum Essen heim und nach der Siesta hatten sie noch zwei Stunden Unterricht. Er dachte gerne an seine Kindheit zurück. Wie einfach war für ihn damals das Leben; es gab nichts, was es hätte trüben können. Er fühlte sich wohl in seiner kleinen Welt. Die schönen Feste, die sie immer gefeiert hatten; sei es Weihnachten, Ostern, das Sommerfest, eine Taufe oder was es sonst noch für Gelegenheiten gab, er erinnerte sich gerne daran. Für ihn war damals alles schön; er kannte ja auch nichts anderes.

Heute, wo er schon viele Jahre von Zuhause fort war und andere Dörfer und auch die Stadt kennengelernt hatte, war ihm bewusst, in welchen bescheidenen Verhältnissen sie damals gelebt hatten und wohl heute immer noch so leben.

Milo schaute aus dem Fenster. Es hatte aufgehört zu regnen und das Wasser stand in den ausgetrockneten Straßen. Die Erde war nicht in der Lage, das Wasser aufzunehmen; sie war durch die anhaltende Hitze steinhart. Die Leute waren auf ihre Felder gegangen um die Erde zu lockern, damit wenigstens etwas, von dem kostbaren

Regenwasser einsickern konnte und nicht die ganze Ernte verloren ging. Es war eine mühevolle Arbeit und oft genug hatte er dabei geholfen. Doch heute mochte er nicht, er war traurig und wollte niemanden sehen. Wie kam es eigentlich dazu, dass alles damals so aus den Fugen geriet?

Es war Sommer und er mochte wohl so um die 12 Jahre alt gewesen sein, als eine große Hochzeit in seinem Dorf stattfand. Wie immer waren alle an den Vorbereitungen beteiligt und man sprach von nichts anderem mehr. Der älteste Sohn ihres Nachbarn wollte sich mit einem Mädchen aus dem oberen Dorf, das kurz vor den Bergen lag, verheiraten. Der Sohn war oft dort in dem Dorf, da er einen Teil der Ernte von dem Feld seines Vaters, in den umliegenden Dörfern verkaufte. Dabei hatte er das junge Mädchen gesehen und sich auf Anhieb in sie verliebt, als er sie das erste Mal sah. Er wusste nicht, wer sie war, aber das war schnell in Erfahrung gebracht, denn auch hier kannten sich alle. Er hatte seiner Mutter von der Begegnung mit dem Mädchen erzählt und sie wollte zu ihrer Familie Kontakt aufnehmen. Es war üblich, dass sich die Eltern um die Absichten ihrer Kinder kümmerten und alles ganz genau unter die Lupe nahmen. Seine Mutter sprach am Abend mit seinem Vater darüber und so beschlossen sie, der Familie des Mädchens gemeinsam einen Besuch abzustatten. Es konnte ja auch sein, dass das Mädchen bereits versprochen ist. Außerdem wollten sie die Familie in Augenschein nehmen und schauen, ob es passen würde. Waren doch die Leute aus den Bergen ein recht eigenes Völkchen und unterschieden sich von den Menschen, die am Meer lebten. Sie teilten ihrem Sohn ihre Entscheidung mit und eine Woche darauf fuhren sie mit dem Eselskarren in die Berge. Es waren ja keine sehr hohen Berge, eher Hügel, denn die eigentlichen Berge lagen noch dahinter. Sie hatten ihre schönsten Sachen angezogen und auch einen Korb mit frischen Früchten, als Gastgeschenk, dabei.

Sie wurden bereits erwartet, denn ihr Sohn hatte dem Vater des Mädchens gesagt, dass seine Eltern kommen würden um mit ihm und seiner Familie etwas zu besprechen. Allen war klar, worum es ging und sie hatten vorab schon mit ihrer Tochter gesprochen, ob sie es sich vorstellen kann, mit dem jungen Mann eventuell ein Bündnis einzugehen. Sie hatte die Frage bejaht und damit stand einem Gespräch nichts im Wege. So hatten sie sich vor das Haus begeben um die Eltern des jungen Mannes willkommen zu heißen.

Gemeinsam gingen sie in das Haus und setzten sich an den Küchentisch. Der Duft von frisch zubereiteten Espresso lag in der Luft und nachdem jedem davon eine Tasse eingeschenkt wurde, begannen sie eine Unterhaltung um sich etwas kennenzulernen. Sie waren sich zuvor noch nie begegnet, doch sie merkten schnell, dass sie sich gut verstanden und sie gemeinsam lachen konnten.

Nach der zweiten Tasse Espresso kam Valentino, so hieß der Vater des jungen Mannes, auf das eigentliche Thema zu sprechen, weshalb er mit seiner Frau heute hierher gekommen war. Die Eltern des Mädchens hörten ihm aufmerksam zu. Was Valentino sagte, klang sehr vernünftig und es entsprach auch ihren Vorstellungen, falls ihre Tochter eines Tages mit Valentinos Sohn eine Verbindung eingehen würde. Sie wollten ihr Kind in guten Händen wissen und dabei ging es ihnen um den Charakter des Mannes, denn, dass er keine Reichtümer zu bieten hatte, das war ihnen von vornherein klar; hier in dieser Gegend lebten sie alle nur von der Hand in den Mund. Aber wenn jemand ein gutes Herz und einen guten Charakter hat, dann ist vieles leichter zu ertragen. Anscheinend war Michele so ein junger Mann, denn seine Mutter bestätigte die Worte ihres Mannes.

„Ja, Michele ist ein guter Sohn. Er ist fleißig und versucht immer sein Bestes damit es der Familie an nichts fehlt. Er respektiert das Wort seines Vaters und auch mit seinen Geschwistern hat er ein gutes Verhältnis. Mit seiner alten Großmutter ist er immer sehr liebevoll und hilft ihr so oft kann", sagte sie.

Sie saßen noch eine ganze Weile beieinander und unterhielten sich über alles mögliche und sie verabredeten, dass die Familie des Mädchens in zwei Wochen zu ihnen kommen sollte. Dann wollten sie im Beisein ihrer Kinder alles weitere besprechen. Alles musste seine Ordnung haben und geplant werden.

Micheles Eltern verabschiedeten sich und bedankten sich noch einmal für die Gastfreundschaft.

Sie stiegen auf ihren Eselskarren und fuhren davon.

Zu Hause erzählten sie Michele sofort, wie das Gespräch verlaufen war und als er hörte, dass die Eltern des Mädchens und das Mädchen selbst, einverstanden waren, freute er sich sehr. Nun hieß es für ihn Geduld haben; was ihm allerdings schwer fiel, denn er konnte über nichts anderes mehr reden und nervte damit Farina saß in der Küche seine Familie gewaltig. Aber sie lachten und machten ab und an auch einen kleinen Scherz über seine Ungeduld. Seine drei Geschwister waren neugierig auf das Mädchen und sie freuten sich mit ihrem Bruder. Er war das älteste Kind in der Familie und es war an der Zeit, dass sich ihr Bruder eine Frau nahm um eine eigene Familie zu gründen.

Michele ging seiner Arbeit nach, doch so oft er auch in das Dorf seiner Auserwählten kam, er sah sie nicht. Ihre Eltern hatten ihr geraten im Haus zu bleiben, wann immer Michele hier im Dorf erschien. Sie war jetzt versprochen und die Situation hatte sich damit geändert. Konnte sie vorher mit den jungen Burschen des Dorfes, nur in Begleitung ihrer Freundinnen natürlich, scherzen und lachen, so konnte es jetzt nicht mehr sein. Es würde keinen guten Eindruck machen, da sie sich für ihren zukünftigen Mann entschieden hatte.

So waren die Regeln und sie gehorchte. Farina saß in der Küche und half ihrer Mutter das Essen vorzubereiten. Sie war jetzt 17 Jahre alt und seit sie vor 2 Jahren die Schule beendet hatte, war sie Zuhause. Arbeit gab es hier keine und in eine Stadt ziehen, das machte hier kein Mädchen. Also, half sie ihrer Mutter im Haushalt und auf dem kleinen Stück Land wo sie Gemüse gepflanzt hatten. Einige Obstbäume standen auch dort und so gab es immer etwas zu tun. Auch half sie bei der täglich anfallenden Wäsche. Es war eine mühevolle Arbeit, da sie alles mit der Hand waschen mussten und fließend Wasser hatten sie auch keines. Alle Bewohner dieses Dorfes mussten ihr Wasser aus dem Brunnen pumpen. Es war eine schwere, körperliche Arbeit; aber sie kannten es nicht anders und beschwerten sich nicht. Ebenso gab es hier noch keinen Strom und sie saßen am Abend beim Licht einer Kerze oder gingen früh schlafen. Es war ein sehr einfaches Leben, aber die Dorfbewohner waren zufrieden. Sie führten ein beschauliches Leben und fühlten sich in der Gemeinschaft gut aufgehoben. Auch Farina lebte gerne hier und es wäre ihr gar nicht in den

Sinn gekommen, das Dorf zu verlassen. Allerdings, wenn sie Michele heiraten würde, dann müsste sie mit ihm in sein Dorf am Meer ziehen. Aber, das war ja nicht so weit weg und sie könnte ihre Familie jederzeit besuchen. Doch so weit war es noch lange nicht; erst einmal stand der Besuch bei Micheles Eltern an und wenn auch dort alles gut verlaufen sollte, dann könnten sie frühestens in einem Jahr Verlobung feiern. Bei dem Treffen sollten sie und Michele Gelegenheit bekommen, sich etwas kennenzulernen.

,,Du schneidest dir noch in die Finger, wenn du so weiter träumst", sagte ihre Mutter und riss Farina aus ihren Gedanken.

Farina musste lachen.

,,Lass mich doch, es ist alles so aufregend und ich bin gespannt auf

Michele und seine ganze Famile",
erwiderte sie.

Ihre Mutter musste auch lachen. War
es bei ihr damals auch nicht anders. Sie
hatte sich ihren Mann auch aussuchen
dürfen und wurde nicht, wie viele
andere Mädchen, einfach verheiratet.

Sie liebte ihren Mann sehr und ihre
Tochter sollte ebenso glücklich werden
wie sie. Sie wusste aus den Erzählungen
einiger Frauen, die man verheiratet
hatte, dass sie nie richtig glücklich
waren und sich nur in ihr Schicksal
gefügt hatten. Sie hatten keine
schlechten Männer und sie waren gute
Ehefrauen, aber dieses Gefühl der Liebe
kannten sie nur vom hören sagen. Das
wollte sie ihrer Tochter ersparen; da
waren ihr Mann und sie sich einig. Sie
dachte an Valentino und spürte, wie
ihr Herz heftiger zu schlagen begann.

„Jetzt träumst du aber, Mama", sagte Farina und lachte ihre Mutter an.

Ihre Mutter umarmte sie und meinte nur, dass sie gerade an ihren Vater gedacht hatte.

Farina wusste schon lange, dass ihre Eltern eine glückliche Ehe führten und sie sich liebten, wie am ersten Tag; nein, ihre Liebe war mit jedem Tag gewachsen und genau das, das wollte sie auch; glücklich sein, lieben und geliebt werden.

So dachte Farina, aber ganz genau konnte sie es sich nicht vorstellen und schon gar nicht wusste sie, dass Liebe jeden Tag aufs Neue erblühen muss; sonst verwelkt sie wie eine Blume, die kein Wasser bekommt.

Woher sollte sie es auch wissen, sie hatte ja noch nie einen Mann geliebt und ihr Vater und ihre beiden Brüder waren ja etwas ganz anderes. Farina knetete ihren Pasta-Teig weiter, denn heute wollten sie auch einige Pasta auf Vorrat machen und das war viel Arbeit. Ihre Hände und Arme fingen an zu schmerzen; die Kraft ließ nach und ihre Mutter bemerkte es. Sie nahm ihrer Tochter die Schüssel mit dem Teig weg und knetete weiter.

„Du kannst dir die Hände waschen und dich dann um die Großmutter kümmern und ihr beim anziehen behilflich sein", sagte sie zu Farina.

Farina tat, wie ihre Mutter gesagt hatte und ging dann zur Großmutter.

Ihre alte Großmutter saß schon auf der Bettkante und lächelte sie freundlich an, als sie in das Zimmer kam. Farina liebte die Großmutter sehr, hatte diese ihr doch, als sie noch klein war, immer Geschichten erzählt und ihr so manch einen Keks heimlich zugesteckt. Beide hatten sie nicht gemerkt, dass das von den anderen nicht unbemerkt blieb, aber niemand sagte etwas. Sie alle waren glücklich, dass die Großmutter noch bei ihnen war, denn der Großvater war viel zu früh gegangen. Da die Eltern ihres Vaters auch nicht mehr lebten, war die Großmutter die Einzige, die ihr noch geblieben war.

Farina half ihr in das Kleid und zog ihr die Strümpfe und Schuhe an. Dann gingen sie beide in die Küche. Ihre Mutter hatte schon frischen Espresso zubereitet und goss ihrer Mutter eine Tasse davon ein und schob ihr noch den Teller mit den Keksen hin. Genüsslich tauchte die Großmutter die Kekse in den süßen Espresso und es war nicht zu überhören, dass es ihr schmeckte. Liebevoll strich sie ihrer

Mutter über das weiße Haar und küsste sie zärtlich. Sie war voller Dankbarkeit und Liebe für ihre Mutter, die, obwohl sie es selber nie kennengelernt hatte, doch verstand, dass Herzen zueinander finden müssen wenn man heiratet und sich gegen den Willen ihres Mannes dafür einsetzte, dass ihre Tochter sich selber einen Mann aussuchen durfte. Dafür war sie ihrer Mutter zu großem Dank verpflichtet und sie tat alles, was in ihrer Macht stand, ihr einen schönen Lebensabend zu bereiten.

Ein tiefer Seufzer drang aus ihrer Brust bevor sie sich wieder daran machte, den Pasta-Teig zu kneten.

Wieder schob die Großmutter einen Keks zu Farina rüber und zwinkerte ihr zu. Für die Großmutter war sie immer noch das kleine Mädchen. Farina freute sich über die vertraute Geste und steckte den Keks in den Mund; so, wie jeden Morgen. Die Tage gingen dahin und nun war es endlich so weit, dass sie alle zu Micheles Familie aufbrachen.

Die alte Großmutter hatten sie auf den Karren gesetzt, der von einem Muli gezogen wurde und ihr großer Bruder lenkte den Karren. Alle anderen Familienmitglieder gingen zu Fuß zum Dorf hinunter. So ungefähr eine gute Stunde mussten sie laufen, bis sie das Dorf erreichten. Sie konnten das Meer schon riechen und wussten, dass sie nun bald ihr Ziel erreicht hatten. Sie waren früh aufgebrochen, damit sie nicht in der Mittagshitze unterwegs waren, denn die Sonne brannte schon erbarmungslos vom Himmel. Es war ein sehr heißer Sommer und oben bei den Bergen war es noch heißer, als hier unten am Meer. Aber auch hier wehte kein Lüftchen und sie waren froh, als sie Valentino auf dem Weg sahen; er war ihnen entgegengegangen, da sie ja nicht wussten, in welchem Haus er mit seiner Familie wohnt. Den knarrenden Karren mit der Großmutter und ihrem Enkel hatte er kommen gehört und war schnell zum Weg geeilt um sie abzufangen. Beide saßen bereits im Haus und auch der Muli war versorgt.

Da waren sie auch schon und nachdem sie sich herzlich begrüßt hatten, gingen sie gemeinsam zu seinem Haus vor dem seine Frau bereits auf die Gäste wartete. Auch hier gab es wieder eine herzliche Begrüßung und dann gingen sie alle ins Haus. Farina war ziemlich aufgeregt und nachdem sie Micheles Großmutter und seine Geschwister begrüßt hatte, stand sie etwas verlegen vor ihm. Doch Michele bemerkte das gar nicht und gab ihr unbekümmert die Hand. Er lachte sie an und sagte: „Schön, dass ihr gekommen seid".

Er wollte noch sagen, dass er sie vermisst hatte, aber er verkniff sich die Worte.

Valentino bat alle an den Tisch, den seine Frau bereits vorher so schön gedeckt hatte, damit sich die Gäste wohlfühlen bei ihnen. Farinas Mutter ließ es sich nicht nehmen, Micheles Mutter ein Kompliment zu machen; ihr gefiel der hübsch gedeckte Tisch sehr gut. Beim nächsten Mal würde sie auch Blumen auf den Tisch stellen, dachte sie bei sich und setzte sich.

Micheles Schwester kam mit dem Espresso und schenkte jedem davon eine Tasse ein. Der frisch gebackene Kuchen stand in der Mitte des Tisches und jeder konnte sich davon nehmen.

„Esst und trinkt, von allem ist reichlich vorhanden", sagte Micheles Mutter und lächelte in die Runde.

Sie hatte bemerkt, dass ihren Gästen der Kuchen gut schmeckt und in der Küche stand noch ein weiterer Kuchen, den sie vorsichtshalber gebacken hatte. Farinas Familie sollte sich willkommen fühlen und dazu gehörte auch, dass sie gerne noch ein weiteres Stück Kuchen essen konnten, wenn sie wollten.

Farinas Vater nahm sich schon das zweite Stück und biss herzhaft davon ab.

Seine Frau musste lachen. Sie kannte ihren Mann und wusste, dass er bei Kuchen nicht widerstehen kann. Er liebte alles, was süß schmeckte und dieser Kuchen war sehr lecker. Wenn sich eine Gelegenheit ergibt, wollte sie Micheles Mutter nach dem Rezept fragen, dann könnte sie ihn Zuhause auch einmal backen. Es war eine lustige Runde, bei der alle ihren Spaß hatten.

Nachdem sich alle gesättigt hatten, holte Valentino den Rotwein aus der Küche und schenkte jedem davon ein.

„Nun ist der Zeitpunkt gekommen, um uns noch einmal über den Grund eures Besuches zu unterhalten. Die Kinder können nun hören, was wir besprechen und uns ihre Meinung sagen, wie sie sich alles weitere vorstellen, welche Wünsche sie haben und in welchem Zeitraum alles weitere geschehen soll", sagte Valentino und blickte hinüber zu seinem Sohn und Farina.

Alle waren einverstanden und Valentino erzählte noch einmal, was sie vor zwei Wochen im Haus von Farinas Eltern besprochen hatten. Farinas Eltern nickten mit dem Kopf und sagten, dass sie nichts weiter dazu zu sagen hätten, da ihre Tochter damit einverstanden ist.

Alle Blicke waren jetzt auf Michele gerichtet, doch auch er hatte keine Einwände; er lachte, dass seine weißen Zähne nur so blitzten und schaute hinüber zu Farina.

Die beiderseitigen Geschwister waren völlig aus dem Häuschen und ein wildes durcheinander Geschnatter ging los. Sie freuten sich für die Beiden, denn in beiden Familien war es das erste Kind, das sich vermählen wollte; waren Farina und Michele doch die Ältesten der Geschwister.

„Ihr könnt jetzt nach draußen gehen, wenn ihr wollt und euch da weiter unterhalten", sagte Farinas Vater und sah seine Tochter und Michele an. Sie waren sofort einverstanden; konnten sie doch nun endlich einmal wieder miteinander sprechen. Sie standen auf und gingen hinaus....

gefolgt von allen Geschwistern, denn ganz allein miteinander durften sie nicht sein und außerdem waren sie neugierig auf das, was sich die Beiden zu sagen hatten.

Eine lachende Meute junger Leute stürmte nach draußen. Sie setzten sich in den Schatten der alten Bäume und unterhielten sich lebhaft.

Auch ihre Eltern und Großeltern hatten noch so einiges zu bereden. Sie überlegten wo die Beiden nach ihrer Hochzeit wohnen sollten und Valentino machte das Angebot, dass die Beiden im Haus seines Großvaters wohnen könnten; allerdings musste noch einiges daran gemacht werden. Es stand über viele Jahre leer und sie hatten sich nicht weiter darum gekümmert. Das Haus befand sich auf halben Wege zwischen den Häusern beider Familien. Farinas Eltern waren einverstanden und versprachen zu helfen, womit und wann immer sie konnten. Aber es war ja noch eine Weile hin. Zuerst mussten ihre Kinder das Jahr der Prüfung durchmachen und danach konnten sie sich offiziell verloben. Dann hieß es nochmals Geduld aufbringen, denn die Verlobungszeit dauerte mindestens ein Jahr. Sie hatten also gute zwei Jahre Zeit um das Haus auf Vordermann zu bringen.

Langsam wurde es Zeit, wieder an den Heimweg zu denken. Micheles Mutter rief die Jungen Leute ins Haus und ihr Mann erzählte ihnen, was sie hier noch besprochen hatten. Das mit dem Haus fanden sie alle gut und jeder wollte helfen, um es so schön wie möglich zu machen. Sie würden auch jede Hand gebrauchen können, da sie alles selber machen mussten. Einige Fenster waren nicht mehr gut und von außen musste es neu verputzt werden; ebenso sah es innen aus. Die Wände waren nicht mehr schön und hatten sehr gelitten.

Sie waren voller Pläne und Zuversicht.

Die Familien verabschiedeten sich voneinander und diesmal mussten sie nicht zu Fuß gehen, da Michele sie mit seinem Eselskarren nach Hause fahren würde.

Die Großmutter saß schon auf ihrem Karren und los ging die Fahrt in Richtung Berge. Natürlich durfte Farina vorne neben Michele sitzen. Wie zufällig strich Michele über ihre Hand und sie errötete. Zum Glück hatten die anderen nichts davon bemerkt.

Die Jahre waren ins Land gegangen. Farina und Michele waren verheiratet und wohnten in dem Haus, das ihre Familien für sie so liebevoll hergerichtet hatten. Sie waren glücklich.

Milo schaute aus dem Fenster. Es hatte aufgehört zu regnen. Das Wasser stand in den Straßen und es würde sehr lange dauern, bis die Straßen wieder trocken waren. Er müsste unbedingt zum Bäcker gehen und sich etwas Brot kaufen, aber er hatte keine Lust dazu, zumal er auch noch keinen Hunger verspürte. Zwei Kinder amüsierten sich und patschten durch das Wasser, dass es nur so spritzte. Ein Lächeln glitt über Milos Gesicht. Genauso hatte er es auch als kleiner Junge gemacht. Sie freuten sich über den Regen und sprangen draußen herum. Er zündete sich eine Zigarette an und blickte wieder nach draußen. Die Kinder waren verschwunden und es war kein Mensch zu sehen. Er hing weiter seinen Gedanken nach und blies den Rauch der Zigarette gegen die Scheiben.

Er war wohl so um die 15 Jahre alt, als er zum ersten Mal zu dem Haus von Michele und Farina musste um dort etwas abzuliefern. Mit der Schule war er fertig und er half seinem Vater beim Fischfang. So war es auch an jenem Tag. Ganz früh Morgens waren sie aufs Meer gefahren und hatten Fische gefangen. Meisten verkaufte sein Vater gleich vom Boot aus die frischen Fische. Doch an diesem Tag musste er Michele Fisch liefern und sein Vater hatte ihn damit beauftragt, die Fische zu Micheles Haus zu bringen. Er kannte Michele und seine Frau nur vom sehen und außer einem Gruß, wenn man sich begegnete, hatte er nie mit ihnen gesprochen. Er machte sich mit dem Eselskarren auf den Weg. Beim Haus angekommen, stand Farina schon in der Tür und bat ihn herein.

Sie bat ihn, den Fisch in der Küche auf den Tisch zu legen; was er auch tat. Dann wollte er sofort wieder gehen, doch Farina sagte ihm, dass er sich setzen sollte. Ihm war unbehaglich, zumal er ihren Mann nirgends gesehen hatte. Aber er folgte ihren Worten.

Farina fragte ihn über den Fisch aus und ob er wüsste, wie sie ihn am besten zubereiten kann. Damit kannte er sich gut aus und beantwortete bereitwillig ihre Fragen. Aßen sie doch Zuhause viel Fisch und seine Mutter konnte ihn immer anders zubereiten. Er stand auf und sagte, dass er nun gehen muss. Er wünschte Farina noch einen schönen Tag und schwang sich auf seinen Karren und fuhr davon.

Farina blickte ihm eine ganze Weile hinterher.

Ihr gefiel Milo außerordentlich gut.

Sein junger, muskulöser Körper, seine dunklen Locken, die glutvollen Augen und seine Unschuld übten einen nie gekannten Reiz auf sie aus.

Sie konnte es selber nicht verstehen, zumal sie mit Michele sehr glücklich war und er ihr, soweit es ihm möglich war, jeden Wunsch erfüllte. Auch seine Familie umgab sie mit ihrer Liebe und sie konnte rundherum zufrieden sein mit ihrem Leben. Doch eines machte ihr zu schaffen. Michele hatte die Leidenschaft in ihr geweckt und sie konnte es kaum erwarten, dass er von der Arbeit nach Hause kam und sie in die Arme nahm. Leider kam Michele nicht jeden Abend nach Hause, denn er musste immer weiter fahren, um seine Waren zu verkaufen. Da blieb er auch schon oftmals über Nacht weg und kam erst am nächsten Tag zurück. Das waren die Nächte in denen sie wach in ihrem Bett lag und sich nach seinen Umarmungen sehnte. Sie liebte ihren Mann abgöttisch und sie verstand nicht, warum sie sich Milo gegenüber so verhalten hatte. Normalerweise hätte sie ihm vor der Haustür die Fische abnehmen müssen und nicht ihn in ihr Haus bitten, wie sie es getan hatte.

Schnell verwarf sie den Gedanken an Milo und fing an, die Fische zu säubern. Heute war ihr Mann nur zum Dorf seiner Eltern gefahren um dort seine Waren anzubieten; er würde also am frühen Abend wieder daheim sein. Sie freute sich darauf und wollte Michele eine Freude machen, indem sie ein ganz besonderes Fischgericht für ihn zubereiten wollte.

Während seiner Rückfahrt dachte Milo die ganze Zeit über das sonderbare Verhalten von Farina nach. Er hatte noch keinerlei Erfahrungen mit dem anderen Geschlecht und doch war da etwas, was er nicht deuten konnte. Sollte er mit seiner Mutter darüber sprechen? Vielleicht bildete er sich auch nur etwas ein; er beschloss erst einmal niemandem davon zu erzählen. Zu Hause angekommen, gab er seiner Mutter das Geld, das er für die Fische von Farina bekommen hatte, versorgte den Esel und ging dann zu Fuß hinunter zum Meer. Sein Vater war gerade dabei, das Boot an den Strand zu ziehen und er half ihm dabei. Es war Knochenarbeit, aber zu zweit schafften sie es schnell, denn sie waren ein eingespieltes Team.

„Lass uns noch einen Espresso in der Bar trinken, bevor wir nach Hause gehen, ich lade dich ein", sagte sein Vater und lachte schelmisch.

Er blickte seine Sohn an und stellte fest, dass dieser zu einem stattlichen jungen Mann herangewachsen war. Er konnte sich gut vorstellen, dass in ein paar Jahren, die Mädchen ihn nicht übersehen würden. Er hatte seinen Sohn zwar immer um sich, aber vorher war es ihm nie so aufgefallen. Bis heute war er sein kleiner Milo, der sich von einer Minute auf die andere als junger Mann ihm zeigte. Die Jahre waren viel zu schnell vergangen, dachte er bei sich und ging mit Milo in die Bar.

Vater und Sohn hatten ein sehr gutes Verhältnis und seit Milo aus der Schule war verging kein Tag, an dem sie nicht zusammen hinaus aufs Meer fuhren oder mit dem Eselskarren das Obst und Gemüse in den Bergdörfern zum Verkauf anboten.

Eine andere Möglichkeit gab es führ ihn auch nicht; es sei denn, er würde weit ab von seinem Dorf, in die Stadt ziehen. Aber daran dachte er nicht. Er war hier Zuhause und er liebte sein kleines Dorf und die Menschen die hier lebten.

Hier war er daheim.

Milo dachte an die schönen Tage seiner Kinder-und Jugendzeit, die dann von einem Tag auf den anderen so abrupt endeten und ihn in die Einsamkeit stießen. Er steckte sich eine weitere Zigarette an. Noch immer stand das

Wasser in den Straßen und nur eine alte Frau suchte sich barfuß ihren Weg. Sie ging ganz langsam durch das knöcheltiefe Wasser um ja nicht zu fallen. Geh' und hilf ihr, sagte eine innere Stimme zu ihn, doch er rührte sich nicht vom Fleck. An Tagen wie diesen hätte die Welt um ihn herum versinken können, es würde ihn nicht kümmern. Tiefe Melancholie lastete auf seiner Seele und hielt ihn gefangen.

Wieder schweiften seine Gedanken in die Vergangenheit.

Milo sah sich Seite an Seite mit seinem Vater arbeiten, lachen und scherzen. Auch sah er sich neben seiner Mutter auf dem Feld arbeiten und hörte sie singen. So schwer ihr die Arbeit auch an manchen Tagen fiel, immer war sie guter Dinge. Ihr Gesicht erschien vor seinen Augen und er merkte nicht, wie ihm die Tränen über die Wangen liefen. Durch seine Schuld war seine Mutter gestorben und sein Vater würde es ihm nie verzeihen. Wie Blei lag diese Last auf seinem Herzen und hätte ihn fast in den Wahnsinn getrieben. Doch, er hatte Glück im Unglück, denn gerade, als er wieder einmal einen seiner unkontrollierbaren Ausbrüche hatte, befand er sich in der Nähe eines Krankenhauses. Jemand vom Personal, der gerade auf dem Weg dorthin war, hatte es gesehen und sofort erkannt, dass er Hilfe benötigte und nahm ihn mit. Sofort kümmerte sich ein Arzt um ihn und gab ihm erst einmal etwas zur Beruhigung. Danach hatten sie ihn in ein Bett gelegt und ließen ihn erst einmal schlafen. Als er erwachte, wusste er zuerst nicht, wo er sich befand, doch dann wurde ihm schnell klar, dass es sich um ein Krankenhaus handeln musste, denn es stand noch ein weiteres Bett im Zimmer in dem ein Mann schlief. Als er sich gerade das Zimmer genauer anschaute, kam eine Krankenschwester herein. Sie begrüßte ihn freundlich und sagte ihm, dass der Arzt auch gleich kommen würde. Dann ging sie wieder und tatsächlich kam kurz darauf der Arzt herein. Er schaute sich ihn an und meinte, dass er aufstehen und sich anziehen kann. Allerdings sollte er, bevor er geht, noch in sein Sprechzimmer kommen, da er einige Fragen hatte. Er tat wie ihm der Arzt geheißen hatte und begab sich dann zu seinem Sprechzimmer. Eine freundliche Dame, im Vorzimmer sagte ihm, dass er noch einen Augenblick Geduld haben muss, da der Arzt noch bei der Visite ist. Sie bat ihn hier zu warten und bot ihm einen Kaffee und ein paar Kekse an. Dankend nahm er beides; er hatte Hunger und Durst.

Er wagte nicht zu fragen, wie lange er schon hier war, da er sich an nichts mehr erinnern konnte; lediglich daran, dass ihm schwindelig wurde und in seinem Kopf jemand hämmerte, als wollte er ihn von innen auseinander klopfen. Schon mehrmals hatte er diese wahnsinnigen Schmerzen und konnte sich keinen Reim darauf machen. Wie auch, dort, wo er herkam, waren alle gesund und niemand von ihnen hatte einen Arzt aufsuchen müssen. Ein Krankenhaus kannten sie gar nicht. Was war los mit ihm?

„Da sind sie ja schon", sagte der Arzt, „dann kommen sie doch gleich mit in mein Sprechzimmer".

Er ging voraus und Milo folgte ihm.

Milo war sprachlos. So etwas hatte er bisher noch nie gesehen. Da stand ein riesiger Schreibtisch und zwei große Sessel. Unzählige Schränke standen an den Wänden, in denen es nur Bücher zu sehen waren. Zögernd setzte er sich in einen der Sessel. Der Arzt blickte ihn an und fragte nach seinem Namen und woher er käme. Er beantwortete die Fragen des Arztes und sagte ihm auch gleich, dass er so etwas schon öfter hatte und immer dachte, dass es sich um starke Kopfschmerzen handelt.

Nachdenklich schaute der Arzt ihn an und fragte ihn dann nach seinem Alter und warum er sein Dorf verlassen hat. Er hatte Milo älter eingeschätzt, aber jetzt, wo er sein Alter kannte, muss es einen Grund für seine Anfälle geben. Es muss etwas vorgefallen sein, dass diesen jungen Burschen aus der Bahn geworfen hat. Er war ein erfahrener Arzt und hatte schon öfter mit Leuten aus kleinen Dörfern zu tun gehabt. Die ungeschriebenen Gesetzte, die uralten Gebräuche und Traditionen hatten schon so manch einen vertrieben oder zu Fall gebracht. Wer sich nicht an die Spielregeln hielt, bezahlte einen hohen Preis; oftmals bezahlte er oder sie, auch mit dem Leben. Ja, es gab sie dort noch in den kleinen Dörfern, die Blutrache.

Er schaute seinen jungen Patienten an und dachte bei sich, ob es sich wohl gegen einen Verstoß handeln würde. Er bat ihn, sich alles von der Seele zu reden, da er vermutet, dass die Ursache für seine Anfälle in der Vergangenheit liegt. Da muss es etwas gegeben haben, was ihn so stark belastete und diese Anfälle auslöste.

Er blickte in das gütige Gesicht des Arztes und begann zu erzählen.

Milo hörte erst auf zu erzählen, als er an jene verhängnisvolle Zeit dachte. Er hatte eine innere Blockade und konnte nicht weiter sprechen.

Der Arzt bemerkte es und er sah, wie sich Milos Augen verdunkelten. Ihm war klar, dass hier der Schlüssel für die Anfälle seines Patienten lag. Ruhig sprach er auf Milo ein und seine warme Stimme verfehlte nicht ihre Wirkung auf Milo.

Nach einer kleinen Weile sprach Milo weiter. Erst stockend, doch dann immer fließender; teilweise überschlug sich seine Stimme. Der Schweiß lief ihm über die Stirn und er wischte ihn mit seinem Ärmel weg. Großes Mitleid überkam den Arzt, als er hörte, was geschehen war.

Es war ein heißer Sommertag, als Milo wieder einmal die frisch gefangenen Fische zu Micheles Haus bringen sollte. In dieser Woche hatte Michele schon zweimal Fisch bestellt und auch er wunderte sich, wieso seine Frau auf einmal so viel Appetit auf Fisch hatte. War sie schwanger ohne es zu wissen? Das wäre natürlich eine Erklärung, aber er sagte nichts zu Farina. Wenn es so wäre, würde sie es ihm schon sagen. Milo ging den Weg zu Fuß, denn der Esel war alt und die Hitze machte ihm sehr zu schaffen. Wieder erwartete Farina ihn vor der Tür und forderte ihn auf ins Haus zu kommen. Sie lobte den frischen Fisch und strich Milo über das Haar. Milo war nicht wohl in seiner Haut zumal sie sich jetzt ganz nah neben ihn stellte und wie zufällig berührte. Warum schaute sie ihn so an?

Schnell nahm er das Geld für die Fische und ging. Ihm war richtig heiß geworden bei der Berührung und es war ihm unangenehm. Vielleicht sollte er doch einmal mit seiner Mutter darüber sprechen, denn jedes mal, wenn er Fische zu Micheles Haus brachte, war Michele nicht anwesend und Farina nutzte die Gelegenheit ihn zu berühren. Was ihn beunruhigte war, als er merkte, dass ihre Berührungen etwas bei ihm auslösten. Es gab zwar Dinge, über die niemals im Elternhaus gesprochen wurde, aber die jungen Burschen untereinander redeten über so manches. Die Älteren sprachen mit den Jüngeren und so wusste jeder Bescheid, was es damit auf sich hatte; außerdem hatten sie ja oft genug die Tiere dabei beobachten können. Ganz ohne Ahnung war also keiner von ihnen. Jeder junge Bursche hatte seine Probleme damit, seine erwachenden Gefühle im Zaum zu halten, denn sie hätten sich niemals einem Mädchen nähern dürfen. Die jungen Mädchen waren immer in Begleitung; nie sah man eines von ihnen alleine. Sie alle mussten auf ihren Ruf achten und durften der Familie keine Schande bereiten. Die Älteren wussten um die Gefühle der jungen Leute und das war auch mit ein Grund, warum sie ihre Töchter und Söhne frühestmöglich verheirateten. Viele Gedanken gingen Milo durch den Kopf als er zurück nach Hause ging. Sie warteten schon mit dem Essen auf ihn und Milo setzte sich an den Tisch. Er war schweigsam und seine Eltern dachten, dass er wohl müde war und deshalb nicht reden mochte. Hätten sie nur etwas geahnt, vielleicht wäre alles nicht so weit gekommen. Aber, wie sollten sie, wenn Milo ihnen nichts erzählte. Nach dem Essen legte sich Milo gleich zu Bett und schlief tief und fest bis zum Abend. Als er völlig verschlafen in die Küche kam sagte seine Mutter:

„Ich dachte schon, du willst bis morgen früh durchschlafen", und lachte.

Sie goss ihm einen Espresso ein damit er munter wird und gab ihm von den selbstgebackenen Keksen dazu. Seine Großmutter saß in der Ecke auf ihrem Platz und strickte Strümpfe. Es fiel ihr schwer und immer öfter musste seine Mutter ihr helfen, die Maschen wieder auf die Nadel zu heben, die sie fallen ließ. Seine Großmutter konnte nicht mehr richtig sehen und eine Brille hatte sie nicht. Es war eben so und niemand dachte weiter darüber nach.

Milo trank seinen Espresso und fühlte sich danach wieder fit. Heute Abend wollte er sich mit seinen Freunden treffen. Sie wollten alle zum Strand hinunter gehen und sich dort ein wenig die Zeit vertreiben. Wenig später klopfte jemand an die Fensterscheibe. Es war Mariano, der ihn abholte. Milo verabschiedete sich von seiner Mutter und seiner Großmutter und ging. Seit sie aus der Schule waren, trafen sie sich öfter am Abend um über dieses und jenes zu reden; etwas anderes konnten sie hier im Dorf auch nicht machen, denn außer der kleinen Bar gab es hier nichts weiter. Doch sie waren zufrieden und hatten immer viel Spaß. Am Strand waren schon einige Freunde und sie gesellten sich zu ihnen. Einer hatte eine Flasche Wein mitgebracht aus der jeder einen

Schluck nehmen konnte. Es war hier normal, dass sie Wein tranken obwohl sie noch so jung waren, denn den bekamen schon kleine Kinder ab und zu; natürlich in einer Mini-Portion aus einem winzigen Glas. Machte doch fast jede Familie ihren Wein selber und sie waren es gewohnt ihn zum Essen zu trinken. Nach und nach kamen auch die anderen und bis spät in die Nacht konnte man sie lachen hören.

Irgendwann machten sie sich auf den Heimweg. Stockfinster war es um sie herum, den Laternen gab es hier nicht. Sie kannten den Heimweg und doch stolperten sie etliche Male und fielen auf die Nase worauf alle jedes mal in schallendes Gelächter ausbrachen. Zum Glück waren hier keine Häuser, sodass sie niemanden weckten. Ab und an bellte ein Hund der sich gestört fühlte.

Milo war Zuhause angekommen und öffnete leise die Tür. Er ging gleich in sein Zimmer, das er mit seinem jüngerem Bruder teilte und legte sich schlafen.

„Wenn es dir zu viel wird und du eine Pause brauchst, dann sage es", sagte der Arzt leise.

Doch Milo registrierte seine Worte gar nicht und sprach weiter.

Wir waren jung, glücklich und voller Übermut. Uns gehörte die Welt und wir genossen unser Leben. Wenn wir uns trafen, dann hatten wir Spaß und konnten uns kein anderes Leben vorstellen. So vergingen die Tage und dann kam der Tag, als ich unverhofft auf Nika traf. Sie war mit ihrer Mutter auf dem Weg zum Meer. Nika ging mit mir in eine Klasse und wir kannten uns seit Kindertagen. Sie wohnte mit ihrer

Familie ganz in der Nähe. Als wir noch klein waren, spielten wir oft und gerne zusammen. Dann, als wir zur Schule gingen, halfen wir uns gegenseitig bei den Aufgaben. Sie war eine gute Freundin, doch, seit wir nicht mehr zur Schule gingen, sah ich sie immer seltener. Ihre Eltern wollten nicht, dass sie mit ihren Freundinnen raus ging und so war sie die meiste Zeit im Haus. Ich freute mich, als ich Nika sah und begrüßte sie und ihre Mutter. Auch Nika schien sich zu freuen, doch ihre Mutter drängte darauf, dass sie weiter gingen. Wie hübsch Nika aussieht hatte ich bei mir gedacht. Vorher habe ich es nie bemerkt; sie war immer nur eine Freundin mit der ich spielte und in der Schule zusammen lernte. Als ich am Abend mit meiner Familie beim Essen saß, erzählte ich ihnen von meiner

Begegnung mit Nika und ihrer Mutter. Meine Schwester sagte, dass sie auch so gut wie keinen Kontakt mehr zu Nika hatte, da ihre Familie doch sehr mit den alten Traditionen verbunden war und sie nicht wollten, dass Nika sich vielleicht mit den jungen Burschen traf oder Sachen hörte, die nicht für ihre Ohren bestimmt waren. Es war schon der Dorfgemeinschaft zu verdanken, dass sie überhaupt die Schule bis zum Ende besuchen durfte. Nika war eine sehr gute Schülerin und gerne wäre sie in der Stadt noch weiter zur Schule gegangen, aber das wollten ihre Eltern nicht. Da war auch nichts zu machen; ihre Eltern verstanden es einfach nicht besser. Beide konnten weder lesen noch schreiben. Gut, sie waren fleißige Leute, aber ansonsten sehr einfach. Vor Jahren waren sie von ganz oben aus den Bergen hierher gezogen und hatten ein kleines Stück Land gekauft, worauf sie sich ein Häuschen bauten. Alle hatten ihnen geholfen, aber da sie sich von Anfang an sehr zurückhaltend verhielten, war nie ein herzlicher Kontakt entstanden. Sie nahmen auch nicht an den Dorffesten teil. Als Nika noch zur Schule ging, durfte sie in Begleitung der Lehrerin auch zu den Festen gehen, aber danach wurde sie auf keinem Fest mehr gesehen. Schade, wir hatten immer ein sehr inniges Verhältnis miteinander und konnten uns alles erzählen. Eine ganze Weile sprachen sie noch über Nika und ihre Familie. Meine Mutter wollte in den nächsten Tagen einmal zu der Familie gehen und sich erkundigen, ob alles in Ordnung bei ihnen ist. Selbst später, als ich im Bett lag, musste ich an Nika denken; irgendwie fehlte sie in meinem Leben. So richtig bewusst wurde es mir erst, nachdem ich sie wiedersah.

Ich half meinem Vater und lernte bei ihm immer mehr über den Fischfang und wie man selber ein Boot pflegte und reparierte. Zu tun gab es jeden Tag genug, denn auch die Netze mussten fast täglich repariert werden. Wir fingen genug Fische und das Geld, das wir damit verdienten, reichte, um Dinge zu kaufen, die wir benötigten.

Michele hatte auch wieder Fische bestellt und nachdem wir das Boot an den Strand gezogen hatten, machte ich mich gleich mit der bestellten Ware auf den Weh zu Micheles Haus. Diesmal erwartete mich Michele und ich war sehr erleichtert. Farina ließ sich nicht blicken. Warum musste ich den ganzen Heimweg lang an sie denken?

Unterwegs traf ich Paolo, der auf dem Weg zur Bar war und wir unterhielten uns angeregt miteinander. Es lenkte von meinen Gedanken an Farina ab. Vor meinem Elternhaus saßen meine Mutter und Großmutter im Schatten des alten, knorrigen Baumes. Als sie mich mit Paolo kommen sahen, freuten sie sich und luden ihn gleich zum Essen ein.

„Einen Espresso kannst du auch hier bekommen, dafür brauchst du nicht in die Bar gehen", sagte meine Mutter lachend und ging in die Küche um den Espresso für Paolo zu holen.

Wir setzten uns und meine Großmutter scherzte mit ihm. Paolo war mit ihrem Sohn, meinem Vater, aufgewachsen und sie kannte ihn sein Leben lang.

„Du hast aber auch schon weiße Haare bekommen", sagte sie zu ihm.

Paolo musste lachen; sie hatte ja recht, jünger werden wir alle nicht. Meine Mutter kam gerade mit dem Espresso zu uns zurück, als ich auch schon meinen Vater den Weg heraufkommen sah. Er freute sich, Paolo hier zu sehen und umarmte ihn. Sie klopften sich kräftig auf die Schultern und im Nu waren sie in ein Gespräch verwickelt.

Meine Mutter und meine Großmutter gingen nach einer Weile ins Haus und ich blieb bei meinem Vater und Paolo sitzen und spitzte die Ohren. Es war für mich schon interessant, was die Beiden sich so zu erzählen hatten.

Der Sommer verging und der Herbst machte sich mit stürmischen Winden bemerkbar. Wir waren froh, dass die starke Hitze endlich vorbei war und es ab und zu regnete. Die Felder erholten sich wieder und es sah nach einer guten Ernte aus. Da gab es reichlich Arbeit für alle; auch für mich. Nun hieß es, nachdem alle Fische verkauft waren und auch das Boot gut vertäut war, auf die Felder um bei der Ernte zu helfen. Jeder half Jedem, denn nicht alles musste gleichzeitig geerntet werden. Anschließend fuhren einige zu den Bergdörfern um dort die frische Ernte zu verkaufen. Abends waren wir alle hundemüde und gingen gleich nach dem Essen schlafen.

Es war ein sehr schwüler Tag und es lag etwas in der Luft. Die Sonne versteckte sich hinter dunklen Wolken und es kam heftiger Wind auf. Wir hatten gerade das Boot am Strand befestigt, als ein paar Tropfen Regen fielen. Mein Vater sagte, ich soll jetzt schnell die Fische zu Micheles Haus bringen, er würde die anderen Fische alleine verkaufen. Einige Frauen und Männer warteten schon und es würde nicht lange dauern, bis sie verkauft waren. Dann wollte er gleich nach Hause gehen und ich sollte auch dort hinkommen, da es nach einem Unwetter aussah. Der Wind wurde heftiger und die Wolken verdunkelten immer mehr den Himmel. Ich beeilte mich und ging so schnell ich konnte.

Es war anstrengend bei dem Wind bergauf zu gehen und ich atmete schwer. Niemand erwartete mich vor dem Haus und ich klopfte an die Tür. Keiner öffnete, also klopfe ich nochmals heftiger an die Tür. Mittlerweile hatte es angefangen zu regnen und in der Ferne hörte ich Donnergrollen. Die ersten Blitze zuckten, als Farina die Tür öffnete. Schnell zog sie mich am

Ärmel hinein und ging dann voran in die Küche. Ich legte den Fisch auf den Tisch, als es plötzlich so laut krachte, dass man denken konnte, das Haus würde einstürzen. Schwarz wie die Nacht war es und unaufhörlich zuckten Blitze vom Himmel. Der Wind, der sich inzwischen zu einem Sturm entwickelt hatte, heulte um das Haus. Farina sagte, ich soll mich setzen, sie würde mir einen Kaffee machen. Ich setzte mich und fragte sie, ob sie ganz allein im Haus ist. Sie bejahte meine Frage und meinte, dass Michele heute nicht kommt, weil er oben in den Bergen übernachtet. Außerdem könnte er bei dem Wetter sowieso nicht ins Tal kommen, da der Fluss aus dem Berg die Wege überspülen würde. Da gab es kein durchkommen und man konnte nur abwarten, bis das Wasser wieder versickert und der Weg trocken war.

Der Espresso war fertig und Farina schenkte mir und auch für sich selbst eine Tasse davon ein. Dann setzte sie sich zu mir an den Tisch und sagte, du kannst hierbleiben bis das Wetter sich gelegt hat.

Etwas anderes blieb mir auch nicht übrig, denn es war viel zu gefährlich jetzt nach Hause zu gehen. Meine Eltern würden sich Sorgen machen, dachte ich bei mir.

Tatsächlich war es so. Mein Vater hatte gehofft, dass ich noch vor Beginn des Unwetters wieder zu Hause sein würde, aber das Unwetter kam so schnell, dass er sich selber beeilen musste, nach Hause zu kommen. Mein Vater wusste, dass Michele diese Nacht oben in den Bergen bleiben würde; er hatte es ihm gesagt, als er den Fisch bestellte. Er sagte meiner Mutter nichts davon, denn er hoffte, dass ich es noch bis zur kleinen Hütte geschafft hatte, die zwischen unserem und Micheles Haus stand. Sie stand leer und nur ab und zu ging einer der Hirten dort rein um sich ein wenig hinzulegen. Er machte sich große Sorgen um Milo, denn es war gegen alle Regeln, dass er die Nacht in Micheles Haus verbrachte, wenn dieser nicht anwesend war. Aber er schwieg, weil er seine Frau nicht beunruhigen wollte.

Milo war zum Fenster gegangen, doch sehen konnte er so gut wie nichts. Der Regen trommelte nur so gegen die Scheiben und es war finster draußen; nur, wenn die Blitze zuckten, wurde es fast taghell und er sah die enormen Wassermassen, die ins Tal flossen. Ich kannte es, denn es war nicht das erste

Mal, dass wir so ein Unwetter hatten.

Ich war so in Gedanken, dass ich nicht hörte, dass Farina zu mir gekommen war und ich erschrak, als ich eine Hand auf meinem Rücken spürte. Stocksteif vor Schreck stand ich da und wagte nicht, mich zu bewegen.

Farina begann sanft meinen Rücken zu streicheln und ein Schauder lief durch meinen ganzen Körper.

Abrupt drehte ich mich um und stieß sie weg.

Farina lachte nur und kam langsam näher. Ich wich zurück, aber hinter mir war die Fensterbank, die mich stoppte.

Sie presste ihren Körper fest an mich und ihre Arme umschlangen mich. Sie begann mich zu küssen und ich spürte, dass mich das nicht kalt ließ.

Was sollte ich machen?

Ihre erfahrenen Hände verfehlten nicht

ihre Wirkung und auf einmal befand ich mich in einem Strudel der Gefühle; Gefühle, die ich bisher nicht kannte.

Milo hörte auf zu reden und sah den Arzt an.

„Möchtest du etwas trinken?", fragte der Arzt.

Doch Milo wollte nichts trinken und sprach weiter.

Farina zog mich ins Schlafzimmer und fing an mich langsam auszuziehen. Immer wieder küsste sie mich und ich hatte das Empfinden, dass sie mehr, als nur zwei Hände hatte. Ich ließ alles mit mir machen und fing an, auch ihren Körper zu berühren. Sie legte meine Hände auf ihre Brüste und führte sie mit ihren Händen. Ich hatte das Gefühl zu explodieren und war wie im Rausch. Sie hatte mich geweckt und lehrte mich alles in dieser Nacht.

Ich musste eingeschlafen sein, denn als ich die Augen öffnete, stand Farina vor mir und sagte, dass ich jetzt gehen soll. Sie hatte mich sofort geweckt, als es nicht mehr regnete. Außerdem war es noch dunkel und niemand würde es bemerken, wenn ich aus ihrem Haus kam. Das durfte niemand erfahren und in diesem Moment wurde mir bewusst, was ich getan hatte.

Ich sprang aus dem Bett, zog mich an und verschwand in die Nacht.

Meine Schuhe hatte ich in der Hand, denn es hätte keinen Sinn gemacht mit ihnen durch den Schlamm zu laufen; sie wären nur darin stecken geblieben. Ich musste aufpassen um nicht auszurutschen und ging vorsichtig immer weiter ins Tal hinunter. Kurz vor meinem Elternhaus passierte es dann doch. Ich hatte nicht richtig aufgepasst und schon lag ich der Länge nach auf dem Rücken. Ich hatte Mühe wieder hochzukommen; alles war voller Matsch und klebte an mir. Nur noch wenige Schritte und ich war endlich zu Hause. Ich wollte gerade meinen Schlüssel aus der Hosentasche nehmen um die Tür aufzuschließen, als die Tür geöffnet wurde. Ich blinzelte in den Schein der kleinen Laterne, die mein Vater in der Hand hielt. Gerade wollte er losgehen um mich zu holen sagte er zu mir. Er hatte sich gedacht, dass ich in der kleinen, verlassenen Hütte die Nacht verbracht habe, meinte er noch.

Ich mochte ihm nicht in die Augen schauen, ich schämte mich und dachte, er würde mir alles ansehen. Schnell ging ich ins Badezimmer und duschte. Doch die Gefühle, die mich noch immer aufwühlten, die konnte ich mit Wasser nicht wegspülen und ich war froh, dass außer mir niemand im Bad war und mich so erregt sehen konnte.

Ich zog saubere Wäsche an und legte mich sofort schlafen. Mein Vater war wieder ins Schlafzimmer gegangen und ich hörte ihn leise mit meiner Mutter sprechen.

Als ich am nächsten Morgen erwachte, stand die Sonne bereits hoch am Himmel. Nichts deutete mehr auf das Unwetter von letzter Nacht hin. Erst, als ich aus dem Fenster blickte, sah ich, dass der Weg und alles ringsherum voller Matsch und Schlamm war. Auch lagen, vom Sturm, abgeknickte Äste und Zweige überall herum. Wir würden viel zu tun haben in den kommenden Tagen um den Weg wieder begehbar zu machen. Mein Vater war, wie jeden Tag, früh raus und sicherlich weit draußen auf dem Meer, sodass ich ihm heute nur noch helfen konnte, wenn er zurückkommt. Meine Mutter goss mir einen Espresso ein und ich setzte mich an den Küchentisch. Sie fragte mich, wo ich Unterschlupf gefunden hatte und zum ersten Mal in meinem Leben log ich meine Mutter an. Ich wagte nicht, sie dabei anzublicken, doch sie registrierte es gar nicht. Sie vertraute mir und ich fühlte mich hundeelend. Ich konnte nur hoffen, dass niemand mich beobachtet hatte, als ich noch vor dem Morgengauen aus Micheles Haus schlich.

Was Farina und ich getan hatten, war eine Todsünde!

Später erfuhr ich von Farina, dass es ihr nicht besser ging als mir und sie bereute ihren Ehebruch zutiefst. Auch sie hoffte, dass niemals jemand davon auch nur ein Sterbenswörtchen erfuhr. In den kommenden Tagen kam Michele nicht um Fisch zu bestellen.

Ich trank meinen Espresso, aß eine Kleinigkeit und machte mich dann auf den Weg zum Meer, denn bald würde mein Vater zurückkommen. Meine Mutter sagte zu mir, dass wir Fische mitbringen sollten, denn sie wollte heute eine Fischplatte machen, da Nika und ihre Eltern kommen würden. Sie hatte sie vor kurzem besucht und sie gebeten, doch einmal zum Essen zu kommen. Womit sie nicht gerechnet hatte war, dass sie die Einladung annehmen würden, da sie eigentlich jeglichen, engeren Kontakt mit den Nachbarn vermieden.

Später erfuhr ich, dass Nikas Eltern es nur aus dem Grund taten, da sie einen Mann führ ihre Tochter suchten und es in meiner Familie mehrere junge Männer gab, die eventuell in Frage kämen. Als erster natürlich ich, denn ich war im gleichen Alter wie Nika und wir kannten uns; waren wir doch über viele Jahre enge Freunde.

Ich hatte den Strand erreicht und sah meinen Vater mit dem Boot kommen. Wir zogen das Boot an den Strand und ich suchte ein paar gute Fische für meine Mutter aus dem Fang, während mein Vater den Rest sortierte um sie zu verkaufen. Viel war ihm heute nicht ins Netz gegangen, aber das war nicht weiter schlimm, denn es kamen auch nur wenige Leute um Fisch zu kaufen. Sie alle hatten mit den Verwüstungen des Unwetters zu tun, denn es war ja nicht nur der Weg betroffen, sondern auch die Gärten und Felder.

Gemeinsam machten mein Vater und

ich uns auf den Heimweg. Unterwegs fragte er mich, wo ich die halbe Nacht verbracht hatte und auch ihn log ich an, als ich ihm dieselbe Antwort, wie zuvor meiner Mutter gab. Da wir nebeneinander hergingen brauchte ich ihn dabei nicht anzuschauen, denn er hätte sofort die Lüge in meinen Augen erkannt. Stattdessen sagte er zu mir, dass er froh ist, dass ich in der Hütte Schutz suchen konnte; es war ja, als ob der Himmel auf uns herunter fällt; so ein schlimmes Unwetter hatten wir lange nicht mehr.

Heute weiß ich, dass mein Vater die Befürchtung hatte, dass ich die ganzen Stunden im Haus von Michele gewesen sein könnte. Er wusste nur zu gut, was passieren würde, wenn Michele es erfahren würde.

Mein Vater gab sich mit meiner

Antwort zufrieden, denn auch er vertraute mir.

Das konnten meine Eltern, bis zu jenem Zeitpunkt, auch bedingungslos.

Die Tage vergingen und ich bemerkte, dass ich mich verändert hatte. War ich vorher ein unbeschwerter junger Bursche, so wurde ich jetzt immer nachdenklicher und stiller. Meine Tat lastete schwer auf mir. Einerseits gab es die Nächte in denen meine Gefühle Achterbahn mit mir fuhren und ich mich nach Farinas Umarmung sehnte, aber andererseits war da jeden Tag die Angst, dass alles rauskommen würde.

Ich machte mir auch Gedanken, warum Michele nicht mehr kam um Fisch zu bestellen.

Sollte er etwas wissen?

Meine Eltern sprachen mich auf mein verändertes Verhalten an, aber ich beschwichtigte sie und sagte, dass nichts ist. So dachten sie, dass es wohl mit meiner Entwicklung zu tun hat und ließen mich in Ruhe.

Der Besuch von Nika und ihren Eltern war harmonisch verlaufen und Nika und ich hatten uns viel zu erzählen; fast war es wie früher, als wir jeden Tag zusammen waren. Sie erzählte mir auch, dass sie sehr unglücklich darüber ist, dass sie das Haus so gut wie nie verlassen durfte. Ihre Eltern wollten sie so schnell wie möglich verheiraten, aber Nika wollte das nicht. Leider hatte sie keine Möglichkeit sich gegen ihren Vater zu wehren; was er sagte, wurde ohne Widerspruch gemacht. Jedenfalls war es bisher immer so.

Das es einmal anders kommen sollte, dass ahnte keiner.

Alles lief wieder seinen normalen Gang

und bald stand das Osterfest vor der Tür. Eine willkommene Abwechslung zum täglichen einerlei und alle freuten sich darauf. Es fand immer eine kleine Prozession statt und in diesem Jahr sollte auch Milo die Madonna mit zum Meer tragen. Er war jetzt 17 Jahre alt und gehörte nun zu den Männern. Es war eine große Ehre die Madonna tragen zu dürfen und jeder junge Bursche, wenn er im richtigen Alter war, durfte diese Erfahrung machen. So war Milo jetzt dran und mit ihm zwei weitere Burschen aus seiner Schulzeit.

Doch vorher schlug das Schicksal zu.

Beim erzählen stiegen ihm Tränen in die Augen, die er verstohlen mit dem Handrücken abwischte.

Meine Großmutter verstarb, für uns alle, völlig unerwartet. Sie war über

Nacht friedlich eingeschlafen. Als meine Mutter sie wecken wollte, lag sie tot in ihrem Bett. Es war für alle ein großer Schock, denn am Abend hatte die Großmutter noch mit uns gelacht und krank war sie auch nicht. Für mich war es sehr traurig, da ich, als ältester Sohn in der Familie, schon früh Verantwortung für meine Großmutter übernommen habe.

Den Arzt berührten seine Worte sehr, aber er unterbrach Milo nicht. Es ist gut, wenn er sich alles von der Seele redet, dann hören vielleicht auch seine Anfälle von alleine wieder auf. Manchmal war es so, aber leider nicht immer.

Wir haben meine Großmutter würdig bestattet und das ganze Dorf war dazu erschienen. Bei der Beerdigung sah ich auch Farina und Michele nach langer

Zeit wieder und erfuhr, dass Michele sich beim Abstieg aus den Bergen nach jener Nacht, in der das Unwetter tobte, ein Bein gebrochen hatte und deshalb nicht zum Boot kommen konnte. Normalerweise sprach sich alles schnell herum, aber davon wussten sie nichts. Michele und Farina kamen auf uns zu und begrüßten uns.

Ich wechselte keinen Blick mit Farina und ging zu meinen Geschwistern.

Unser Pfarrer, der für alle Dörfer in der Umgebung zuständig war, hielt eine einfühlsame Rede und als er geendet hatte, sangen die Klageweiber ihre Lieder.

Es war eine schöne Beerdigung.

Anschließend gab es, noch auf dem Friedhof, für alle ein Glas Rotwein und etwas Gebäck, das meine Mutter für die Trauergäste gebacken hatte; mehr war nicht möglich. Wichtig war, dass alle erschienen waren um sich zu verabschieden.

Etwas fehlte im Haus und wir sprachen fast täglich von der Großmutter. Meine Mutter litt sehr, aber, dass ihre Mutter so friedlich gehen durfte, war für sie ein Trost. Oft gingen wir gemeinsam zum Friedhof.

Aber, das Leben ging weiter und jeder tat, was er tun musste. Meine jüngeren Geschwister gingen zur Schule; meine Mutter und meine ältere Schwester kümmerten sich um den Haushalt und ich half meinem Vater beim fischen.

Die Welt schien wieder in Ordnung zu sein und immer weniger dachte ich an Farina und an jenes Geschehen in der Nacht des Unwetters. Ich wollte es auch nicht, denn jedes mal, wenn ich daran dachte, merkte ich, dass meine

Gefühle sich regten und ich mich nicht dagegen wehren konnte. Mein Körper rief nach mehr, aber mein Verstand sagte etwas anderes.

...und doch, ich war verrückt nach diesen Gefühlen.

Der Arzt hatte ihm aufmerksam zugehört und nur allzu gut verstand er, was Milo ihm schilderte. Auch er kam aus einem kleinen Dorf und kannte die Nöte der jungen Burschen; litt er doch damals, als er jung war, auch darunter. Die Mädchen waren tabu und mussten unbefleckt in die Ehe gehen, da gab es keine Gelegenheit seine Gefühle zu befriedigen; außer, wenn eine verheiratete Frau sich einen Seitensprung leistete. Das kam sehr selten vor, denn sie alle hatten angst davor entdeckt zu werden. Es war ein Spiel mit dem Tod. Wie froh war er damals, als er die Chance bekam, in der Stadt zu studieren. Die jungen Mädchen waren hier viel freier und hatten auch ihren Spaß an gewissen Dingen: allerdings, bis zum Äußersten ließen sie es auch nicht kommen, denn auch hier mussten die Mädchen bis zur Heirat jungfräulich bleiben.

Es gab auch hier noch immer die Unsitte, der Überprüfung des Lakens nach der Hochzeitsnacht.

Doch es gab Wege und Möglichkeiten.

Innerlich musste er lachen als er an seine wilde Jugendzeit dachte, doch er war schnell wieder bei der Sache, da Milo bereits weiter sprach.

Eines abends, als mein Vater aus der Bar nach Hause kam, erzählte er uns, dass Michele im Krankenhaus in der Großstadt liegt. Sein Bein war nach dem Bruch zwar wieder gut verheilt, aber irgendetwas stimmte nicht. Er konnte nicht mehr auftreten und jeder Schritt schmerzte höllisch. Seit zwei Monaten hatte er sich damit gequält und als er wieder einmal wegen der Schmerzen den Arzt in der Kleinstadt aufgesucht hatte, riet dieser ihm in das große Krankenhaus in der Großstadt zu gehen; hier konnte er ihm nicht helfen. Die kleine Klinik verfügte nicht über ein Röntgengerät und andere moderne Geräte.

So hatte Micheles Familie ihr ganzes Geld zusammengelegt und er konnte in die Großstadt fahren.

Was genau er hat konnte mir sein Bruder nicht sagen. Sie mussten erst umfangreiche Untersuchungen machen um eine Diagnose stellen zu können. Auf alle Fälle sollte seine Frau nicht so lange allein im Haus bleiben und für die Zeit, in der Michele nicht da war, zu seinen oder ihren Eltern ziehen. Lorenzo hat mich darum gebeten, Milo zu bitten, einige Sachen auf dem Eselskarren von Farina zu ihren Eltern zu fahren. Sie wollte lieber bei ihren Eltern so lange wohnen. Mein Vater sah mich an und sagte zu mir, dass er bereits zugesagt hatte, da er wusste, dass ich gerne helfen würde.

Mir blieb vor Schreck die Luft weg.

Ausgerechnet ich sollte Farina helfen.

Aber ich konnte auch nicht nein sagen, denn es gab für die anderen ja keinen erkennbaren Grund warum ich nicht helfen wollte.

Für einen kurzen Moment überlegte ich, ob ich meinem Vater alles beichten sollte.

Doch ich entschied mich zu schweigen. So nahm das Schicksal seinen Lauf.

Zwei Tage später spannte ich den Esel vor den Karren und fuhr hoch zu Micheles Haus. Farina hatte schon drei Kartons mit Sachen vor die Tür gestellt und ich lud sie auf den Karren. Als ich gerade den letzten Karton aufgeladen hatte erschien Farina und sagte zu mir, dass im Haus noch einige Sachen wären, die auch mit sollten. Widerwillig ging ich mit hinein, denn bei ihrem Anblick war mir heiß und kalt geworden und sofort hatte ich die Bilder jener Nacht vor meinen Augen. Ich spürte förmlich ihren warmen Körper, ihre Lippen auf meinen Lippen und mich schauderte. Ich spürte mein Begehren, mein ungestilltes Verlangen.

Schnell wollte ich die Sachen nehmen und wieder raus aus dem Haus gehen, als sie mich festhielt.

Sie sah mich an und in diesem

Moment vergaß ich alle meine guten Vorsätze. Wild und ungestüm riss ich sie in meine Arme und unsere Lippen suchten sich. Wir sprachen kein Wort. Ein Rausch der Leidenschaft hatte uns gepackt und wir vergaßen Zeit und Raum.

Wie viel Zeit verstrichen war wusste ich nicht, aber als der Rausch verflogen war zog ich sofort meine Kleidung wieder an und brachte die restlichen Sachen auf den Karren.

Hoffentlich war in der Zwischenzeit niemand hier vorbei gekommen. Mein Herz raste und mein Puls hämmerte wie verrückt.

Farina kam aus dem Haus und schloss die Tür ab; dann setzte sie sich hinten auf den Karren und ich fuhr los. Ich wusste, wo ihre Eltern wohnten und es war ein ganzes Stück immer bergauf zu fahren. Der alte Esel ging langsam und wir kamen nur mühsam vorwärts. Endlich hatten wir unser Ziel erreicht. Ihre Eltern kamen aus dem Haus und ich lud Farinas Sachen ab. Ihre Mutter bot mir frischen Saft und Kekse an. Durstig trank ich den Saft und aß die Kekse. Farina war ins Haus gegangen und ließ sich nicht mehr blicken.

Ich verabschiedete mich von ihren Eltern und fuhr heim. Bergab ging es leichter für den Esel und ohne Ladung war der Karren ja auch nicht mehr so schwer zu ziehen.

Was hatte ich bloß wieder getan? Ich wollte es nicht und doch ist es passiert. Wie leichtsinnig war es und mir wurde auf einmal übel und ich musste mich übergeben.

Es dauerte eine ganze Weile bis ich mich wieder einigermaßen gefasst hatte und weiter fahren konnte. Nie wieder wollte ich irgendetwas mit Farina zu tun haben und wenn ihr Mann, wenn er wieder zu Hause ist, Fische bei uns bestellte, dann sollte sie mein Vater selber zu ihnen bringen. Mir würde bis dahin schon eine Ausrede einfallen. So dachte ich, während ich den Rest des Weges zurücklegte. Ich spannte unseren Esel aus und führte ihn in den Garten.

Meine Mutter und meine Schwester waren in der Küche beschäftigt. Sie fragten mich, ob alles gut gegangen ist und ich die Sachen und Farina bei ihren Eltern abgeliefert habe. Ich erzählte knapp, dass alles in Ordnung sei und ich mich jetzt ein wenig im Garten betätigen wollte.

Ich ging raus und war froh, den Fragen und Blicken ausweichen zu können. Ich schämte mich und konnte mich selber nicht leiden.

...und doch war da schon wieder das Gefühl der Begierde.

Ich war gerade 17 Jahre alt und noch zu jung zum heiraten. Was sollte ich machen? Mein Körper glühte vor lauter Erregung und ich lief hinter unser Haus; dort hin, wo mich niemand sehen konnte.

Ein Tag war wie der andere. Jeder hatte seine Aufgaben und besondere Ereignisse fanden nicht statt. Bis zum Osterfest war es noch etwas hin und so beschlossen mein Vater und ich nach der Arbeit noch einen Espresso in der Bar zu trinken. Irgendjemand war immer da mit dem man sich über dieses und jenes austauschen konnte. So auch an jenem Tag. Lorenzo saß dort und freute sich uns zu sehen. Er winkte uns zu sich an den Tisch und sofort waren wir Drei in ein Gespräch vertieft. Mein Vater erkundigte sich nach Michele, der nun schon mehr als 6 Wochen in der Klinik lag.

Lorenzo erzählte, dass die Ärzte die Ursache gefunden hatten und seinen Bruder operieren mussten. Nun war er dabei wieder laufen zu lernen mit dem Bein und es würde wohl noch weitere 2 Wochen dauern, bis er wieder nach Hause durfte. Normalerweise hätte er schon nach Hause gekonnt, aber da es hier keinen Arzt gab, der ihn im Notfall behandeln kann, wollten sie auf Nummer sicher gehen und rieten ihm noch in der Klinik zu bleiben. Lorenzo fand das in Ordnung und sehr nett von den Ärzten, weil sie für diese Zeit auch kein Geld verlangten. Mir war das

Gespräch über Michele unangenehm und ich dachte sofort wieder an das Unrecht, das ich getan hatte. Seit Farina bei ihren Eltern war und ich nicht mehr regelmäßig Fisch bei ihr abliefern musste, waren die Gedanken an sie und an das, was mit ihr zu tun hatte, ein wenig in die Ferne gerückt. Nun war auf einmal alles wieder so präsent, als ob es gerade gestern erst geschehen ist. Zum Glück fing Lorenzo jetzt an, von etwas anderem zu reden und meine Anspannung ließ langsam nach. Eine knappe Stunde waren wir schon in der Bar und nun wurde es Zeit nach Hause zu gehen. Meine Mutter wartete mit dem Essen auf uns. Wir verabschiedeten uns von Lorenzo und wünschten seinem Bruder weiterhin eine gute Besserung. Auf dem Heimweg sprach mein Vater noch einmal über Michele und, wie das Schicksal von einem Tag auf den anderen zuschlagen konnte. Schließlich hatte Michele die ganzen Wochen kein Einkommen, aber zum Glück war da ja noch seine Familie und die Familie von Farina. Wichtig war, dass sein Bein wieder ganz gesund wird und er keine Schmerzen mehr hat. Das Geld, das er von seiner Familie bekommen hatte, musste er nicht zurückzahlen. Wenn einer in Not war, dann halfen alle.

Meine Mutter stand schon vor der Tür und hielt nach uns Ausschau.

Wir gingen ins Haus und setzten uns zu Tisch. Ich erinnere mich noch genau; es gab Makkaroni, die meine Mutter im Ofen gebacken hatte. Sie kochte sehr gut und so manches mal musste sie mich bremsen. Ich konnte einfach nie genug von ihrem guten Essen kriegen.

Alle lachten darüber und meine Schwester nannte mich einen Vielfraß.

Eigentlich ging es bei uns immer recht lustig zu; wir waren eine große, glückliche Familie.

Der Arzt sah, dass Milo sich eine Träne aus dem Gesicht wischte. Er tat, als würde er es nicht merken und ließ Milo weiter reden.

Es waren nur noch drei Wochen bis zum Osterfest und ich freute mich darauf; zumal ich ja in diesem Jahr das erste Mal die Madonna mit zum Strand tragen durfte.

Dort wurde sie dann auf eines der festlich geschmückten Boote gestellt und die Boote fuhren nah am Strand entlang, damit alle die Madonna sehen konnten. Danach wurde sie noch einmal am Strand entlang getragen und alle konnten ihren kleinen oder größeren Geldschein an ihr Gewand heften. So war es jedes Jahr.

Nach zwei Wochen hörten wir, dass Michele wieder zu Hause war und es ihm gut ging. Farina war wieder in ihr Haus zurückgekehrt und sorgte für ihren Mann. Sein Bein war völlig ausgeheilt, aber er sollte sich vorerst noch nicht überanstrengen.

Beim Osterfest sah ich Michele und Farina nach langer Zeit wieder. Ihr Aussehen hatte sich verändert. Lag es an ihrem Kleid? Ich hatte keine Lust darüber nachzudenken. Ich war froh, als sie in eine andere Richtung gingen.

Das Fest verlief wie geplant und im Anschluss daran trafen wir uns alle auf der kleinen Piazza vor der Kirche. Es gab Getränke, selbstgebackenen Kuchen und wir waren glücklich. Der Pfarrer segnete uns und dankte Gott, dass es uns gut ging. Ja, obwohl wir nicht viel hatten, waren wir dankbar. Wir waren eine Gemeinschaft, eine große Familie und das spürte jeder von uns.

Es war spät, als wir den Heimweg antraten und wir legten uns sofort schlafen.

Es war Mai und die Tage waren schon ziemlich heiß. Mein Vater und ich waren gerade dabei, den Fang zu sortieren, als meine Mutter plötzlich am Boot stand. Sie musste schnell gelaufen sein, denn ihr Gesicht war rot und ihr Atem ging schwer. Erschrocken ging mein Vater zu ihr und fragte, was passiert ist. Es musste etwas passiert sein, denn meine Mutter kam sonst nie zum Boot. Aber sie konnte nicht gleich antworten und musste sich erst einmal setzen. Mein Vater reichte ihr Wasser und meine Mutter trank einen Schluck. Sie sah uns an und sagte, dass etwas schreckliches passiert ist. Jedenfalls nach der Erzählung unserer Nachbarin. Sie war heute in einem der Bergdörfer mit ihren Waren, als sie es gehört hatte. Man sprach dort von nichts anderem. Meine Mutter zitterte am ganzen Körper und sie fing an zu weinen. Nur langsam sprach sie weiter. Die Nachbarin hatte ihr erzählt, dass Farina schwanger ist und das Kind unmöglich von ihrem Mann ist, da er zu dem Zeitpunkt, als es gezeugt wurde, bereits über einen Monat im Krankenhaus lag. Michele war außer sich vor Wut.

Mein Vater schaute meine Mutter an. Sie wussten, was das bedeutete. Seit über drei Generationen hatte es hier im Ort so etwas nicht mehr gegeben.

Mir schlug das Herz bis zum Hals und ich wäre am liebsten im Erdboden versunken. Ich wagte nicht, meine Eltern anzuschauen, aus Angst, mein Blick könnte mich verraten.

Mein Vater sagte zu mir, dass ich die Fische heute allein verkaufen soll, er wollte mit meiner Mutter schon nach Hause gehen.

Ich wusste nicht, was ich machen soll. Hätte Farina ihrem Mann gesagt, dass sie mit mir intim gewesen ist, dann wäre Michele bestimmt schon längst gekommen. In meiner großen Naivität versuchte ich mir einzureden, dass das ganze ein Irrtum ist und nur ein Gerede der Leute. Ich wollte es einfach nicht wahrhaben; das durfte nicht sein. Ich verkaufte die Fische und ging dann nach Hause.

Mein Vater wartete vor dem Haus auf

mich und sagte, dass ich sofort mit reinkommen soll, da er und meine Mutter mit mir reden mussten.

Meine Mutter saß mit völlig verweinten Augen am Tisch und mir wurde heiß und kalt zugleich. Mein Vater drückte mich auf einen der Stühle und sagte fast tonlos zu mir, dass er sich mit meiner Mutter über dieses Sache mit Farina unterhalten hatte. Sie hatten sich nie etwas dabei gedacht, dass Michele damals regelmäßig Fisch bei uns bestellt hatte und ich den Fisch zu seinem Haus brachte. Auch nicht, als Michele im Krankenhaus lag und Farina den Fisch bestellt hatte. Solche Gedanken wären ihnen gar nicht gekommen. Doch jetzt mussten sie daran denken, dass ihr Sohn vielleicht etwas mit der Geschichte zu tun hat. Meine Mutter weinte immer heftiger.

Mein Vater sah mich an und fragte mich direkt, ob ich ein Verhältnis mit Farina hatte. Ich habe keine Worte dafür, wie ich mich damals gefühlt habe, doch ich wünschte, die Erde hätte sich unter mir aufgetan und mich verschlungen.

Ich log meine Eltern an als ich sagte, dass ich mit Farina nichts zu tun habe. Damals ahnte ich nicht, dass mir mein Vater nicht glaubte.

Meine Geschwister kamen nach Hause und meine Mutter deckte den Tisch. Ich stocherte nur auf meinem Teller herum und ging dann schlafen.

Das verstärkte den Verdacht meines Vaters noch mehr; er kam hinter mir her ins Zimmer und sagte nur, dass ich einige Sachen zusammenpacken und sie unter meinem Bett verstecken sollte. Ohne ein weiteres Wort verließ er das Zimmer. Schnell packte ich ein paar Sachen in meinen Beutel und legte ihn unter mein Bett. Was hatte mein Vater mit mir vor? Ich konnte es mir nicht vorstellen und noch weniger konnte ich mir vorstellen, was passiert, wenn Michele und seine Familie davon erfährt, dass ich mit Farina geschlafen habe. Nicht nur seine Familie, auch Farinas Familie war entehrt und das hieß -RACHE-!

Natürlich wusste ich von der Blutrache und ihren Folgen. Jeder hatte davon gehört und gerade deshalb war es so wichtig, sich an die ungeschriebenen Gesetze zu halten. Sie hatte schon ganzen Familien das Leben gekostet und nichts als Leid und Tränen über die Menschen gebracht.

Ich hatte gerade meinen Beutel unter mein Bett gelegt, als auch schon mein

Bruder hereinkam und sich schlafen legte. Ich tat so, als ob ich schlief, denn ich wollte heute nicht mehr mit ihm reden. Normalerweise unterhielten wir uns bevor wir schliefen, aber danach war mir überhaupt nicht.

Ich hatte große Angst und doch musste ich eingeschlafen sein. Ich erwachte durch die Schreie meiner Mutter, die im ganzen Haus zu hören waren. Bis heute habe ich sie im Ohr und ich kann mich nicht dagegen wehren. Auch meine Geschwister waren aufgewacht und wir gingen in die Küche. Mein Vater versuchte, meine Mutter zu beruhigen, aber es gelang ihm nicht. Erst jetzt sah ich die kaputte Fensterscheibe und unten auf dem Boden lag eine tote Katze an der ein Stein gebunden war. Sie hatten sie durch das Fenster geschmissen; sie wussten also Bescheid. Meinen jüngeren Geschwistern war es unheimlich und meine beiden Schwestern fingen an zu weinen. Jetzt war der Moment, in dem mein Vater ihnen die Wahrheit sagen musste, gekommen.

Mein Vater, der immer sehr stolz auf mich war, sprach auf einmal voller Verachtung über mich und mein Tun.

Was hatte ich getan? Ich wollte das nicht. Ich musste mich übergeben und rannte aus der Küche.

Als ich zurückkam, lag meine Mutter auf dem Boden und rührte sich nicht mehr. Voller Sorge hob mein Vater sie auf und legte sie auf ihr Bett. Ihr Atem war flach und ihr Puls kaum spürbar. Wenn deine Mutter stirbt, ist es deine Schuld sagte er zu mir und blickte mich mit kalten Augen an. Du hast Unglück über uns alle gebracht. Noch in der Nacht verstarb meine Mutter. Es hatte ihr das Herz gebrochen und ich war schuld daran. Mein Vater wusste nicht, was er machen sollte. Aus dem Haus konnte keiner von uns gehen, denn draußen wartete der Tod auf uns.

Was geschehen war, blieb auch unserem Pfarrer nicht verborgen. Er war sehr beunruhigt und entsetzt, als man ihm erzählte, dass Farina von mir schwanger ist. Sofort hatte er sich auf den Weg zu Farina gemacht, doch in ihrem und Micheles Haus war sie nicht; es war leer. Also fuhr er sofort mit seinem Eselskarren weiter zum Haus von Farinas Eltern. Schon von Weitem hörte er die Klageschreie der Frauen. Es musste etwas schlimmes passiert sein. Er hielt den Karren vor dem Haus und ging hinein. Dort sah er, warum die Frauen so klagten. Farina lag auf dem Bett und aus ihrer Brust war Blut geflossen, das ihr an der Seite herunter gelaufen war. Ihr Vater hatte noch immer das Messer in der Hand. Er hatte seine Tochter getötet; er musste es tun. Hatte sie doch Schande und Unheil über die Familie gebracht. Er war Michele zuvor gekommen.

So verlangten es die ungeschrieben Gesetze.

Der Pfarrer verstand sofort, warum Farinas Vater seine eigene Tochter getötet hatte. Damit hatte er weiteres Blutvergießen zwischen seiner und Micheles Familie verhindert.

Den Tod seiner Tochter hätte er nicht verhindern können, nur, wenn Michele es getan hätte, dann wäre er oder ein anderes Mitglied seiner Familie dazu verpflichtet, Michele oder eines seiner

Familienmitglieder zu töten. Es wäre ein morden ohne Ende geworden.

Farina hatte sich schuldig gemacht, aber es sollte niemand aus der Familie für ihre Tat büßen.; sie sollten leben.

Der Pfarrer hatte Farinas Vater das Messer aus der Hand genommen und sprach beruhigend auf ihn ein. Lange blieb der Pfarrer bei ihnen und fuhr erst mit Einbruch der Dämmerung wieder hinunter ins Tal. Er fuhr direkt zu unserem Haus und klopfte an die Tür. Mein Vater ließ den Pfarrer rein, damit er meiner Mutter die letzte Segnung geben konnte. Anschließend wollten wir zusammen beten. Doch es kam nicht dazu. Schüsse peitschten durch die Dunkelheit und ein Schuss durchschlug eines unserer Fenster. Dann flog ein Stein durch die Scheibe an dem ein Zettel befestigt war auf dem stand, dass man mich töten will.

Der Arzt war erschüttert und bestand nun auf einer Pause. Das war gut so, denn mein Körper begann zu zittern und ich konnte nichts dagegen machen. Es sind die Nerven hatte der Arzt gesagt, denn alles, was ich ihm erzählt hatte, lag damals ja noch nicht so weit zurück. Eine Schwester brachte Kaffee und etwas Gebäck ins Zimmer. Es dauerte, bis mein Körper sich wieder beruhigt hatte und ich weiter sprechen konnte.

Wir alle hatten große Angst, meine Schwestern weinten und der Pfarrer sprach leise mit meinem Vater. Wir wagten kein Licht anzumachen und so gingen wir noch einmal im dunkeln zu meiner Mutter ans Sterbebett. Leise beteten wir mit dem Pfarrer ein letztes Gebet. Dann sagte der Pfarrer, dass er jetzt gehen muss und wir sollten uns hier im Haus ganz still und leise verhalten.; vor allem kein Licht anmachen und Fenster und Türen geschlossen lassen, da Michele und seine beiden Brüder mit Sicherheit irgendwo draußen auf der Lauer lagen. Zu meinem Vater sagte er noch, dass sie es so machen wollten, wie sie zuvor besprochen hatten. Geduld, es würde eine Weile dauern, aber ich hoffe, der Plan geht auf, sagte er noch und ging leise nach draußen zu seinem Karren.

Der Esel wieherte als er den Pfarrer kommen hörte und freute sich darauf, endlich nicht mehr auf einem Fleck stehen zu müssen. Der Pfarrer sprach mit ihm und griff sich die Laterne. Mit einem Streichholz zündete er sie an und stellte sie neben sich auf den Sitz.

Er machte es extra langsam, damit, wer auch immer in den Büschen lauerte, es mitbekommen sollte, dass er jetzt zurück zur Kirche fuhr. Dann stieg er noch einmal ab und ging nach hinten um ein großes Bündel, das auf dem Boden lag, hoch zu heben. Er musste ein paar Mal ansetzen um das Bündel mit Schwung auf den Karren zu werfen. Dann klopfte er den Sand von seiner Kleidung, stieg auf den Karren und fuhr im fahlen Lichtschein seiner Laterne zur Kirche.

Dort angekommen lenkte er der den Karren direkt vor den Seiteneingang der Kirche. Er öffnete die Tür und mit großer Anstrengung gelang es ihm das Bündel vom Karren zu heben und in die Kirche zu tragen. Dann schloss er sorgfältig die Tür von innen. Den Esel, samt Karren, versorgte Esteban, der auf die Rückkehr des Pfarrers gewartet hatte. Esteban war der alte Diener des Pfarrers. Er hatte schon für den vorherigen Pfarrer gearbeitet und war hier nicht mehr wegzudenken. Esteban wusste um das Geheimnis in dieser Nacht; er und der Pfarrer hatten den Plan doch gemeinsam besprochen. Er erledigte seine Arbeit und ging dann zur Kirchentür; er löschte die Lampe neben der Kirchentür und schloss die Tür von innen ab.

Der Pfarrer wartete schon auf ihn. Ohne auch nur ein Wort miteinander zu sprechen machten sich beide Männer auf den Weg in das Kellergewölbe der Kirche. Hier ruhten die Gebeine vieler Generationen, da es früher so üblich war, die Toten hier zur letzten Ruhe zu betten. Heute gab es einen Friedhof und niemand kam mehr auf den Gedanken einen Verstorbenen hier zu bestatten. Die jungen Leute wussten nicht einmal, dass es unter der Kirche so etwas gab.

Das war gut so, denn in diesem Kellergewölbe gab es einen langen Tunnel, der erst wieder hinter den Klippen nach oben führte. Er wurde einst als Fluchtweg gegraben und außer Esteban und dem Pfarrer kannte ihn niemand.

Der Eingang zum Tunnel befand sich unter einem Grab und beide Männer mussten mit aller Kraft den Grabstein beiseite schieben um den Eingang frei zu bekommen. Der Pfarrer gab Esteban einen Rucksack und eine Lampe. Beides hatte er hier schon deponiert und Esteban verschwand damit im Tunnel; er kannte den Weg und doch war er immer mit einem Risiko verbunden.

Der Pfarrer schob mit letzter Kraft den Grabstein wieder auf seinen Platz und vergewisserte sich noch einmal, ob alles wieder in Ordnung war, bevor er nach oben in den Kirchenraum ging. Nun konnte er nur noch beten, dass alles so klappte, wie er es mit Esteban und Milos Vater besprochen hatte.

Der Tunnel war hoch genug und Esteban kam gut vorwärts. Die Luft machte ihm etwas zu schaffen, doch je näher er dem Ausgang kam, desto besser wurde die Luft, da die Öffnung hinter den Klippen nur von den Zweigen eines Baumes abgedeckt war. Trotzdem war er froh, als er endlich den Tunnel verlassen konnte und die frische Meeresluft roch; ich bin zu alt für solche Unternehmungen dachte er bei sich. Aber dieses eine Mal musste es noch sein; es ging um Leben und Tod. Eine kleine Pause gönnte er sich und dann machte er sich auf den Weg.

Mein Vater hatte meine Geschwister aus dem Zimmer geschickt und nur ich sollte bleiben. Ernst sah er mich an, als er zu mir sprach. Ich wollte ihn um Verzeihung bitten, aber mein Vater ließ mich nicht zu Wort kommen. Er sagte zu mir, dass er mich verfluchte und ich nicht mehr sein Sohn bin; dass ich schuld am Tod der Mutter bin und die ganze Familie entehrt habe. Weiter sagte er, dass Esteban mich abholen würde und ich sollte mit ihm gehen und mich nie mehr hier blicken lassen, denn sonst würde er mich töten, falls mich Michele nicht erwischt. Ich durfte mich nicht von meinen Geschwistern verabschieden. Ein Käuzchen ließ seinen

Ruf ertönen; einmal, zweimal...

Unheimlich klang es in der Finsternis. Das war das Zeichen. Mein Vater schob mich zur Küchentür und stieß mich hinaus. Dann verschloss er die Tür von innen. Ich stand wie erstarrt, als sich eine Hand über meinen Mund legte. Ich hatte Todesangst und dachte, dass es Michele oder einer seiner Familie ist. Doch dann hörte ich die leise Stimme an meinem Ohr, die mir gebot ganz still zu sein und mitzukommen. Ich erkannte Estebans Stimme. Er hatte mich am Jackenärmel gepackt und zog mich hinter sich her. In geduckter Haltung bewegten wir uns lautlos hinter den Büschen. Plötzlich drückte er mich in die Büsche und legte mir die Hand auf den Mund. Regungslos verharrten wir und dann hörte ich es auch. Es knackte, als ob jemand auf einen Zweig getreten war. Ich konnte in der Dunkelheit nichts erkennen, doch Esteban hatte erkannt, wer hier, außer uns beiden noch unterwegs war. Es war einer der streunenden Hunde auf der Suche nach Futter. Er lief weiter und nach einer kleinen Weile machten wir uns wieder auf den Weg. Ich wusste nicht, wohin mich Esteban brachte und für einen Moment dachte ich auch, dass er mich töten sollte. Aber dem war nicht so. Esteban sollte mich von hier fortbringen, damit ich der Blutrache entgehe; so war der Plan.

Wir mussten an den Klippen vorbei und ließen noch einmal alle Vorsicht walten. Den Rucksack, den der Pfarrer ihm mitgab, hatte Esteban unter den Zweigen des Baumes, die den Zugang zum Tunnel bedeckten, versteckt. Er hatte Augen wie ein Luchs und er sah sofort, wo der Rucksack lag. Ich hätte ihn niemals gesehen und auch die Tunnelöffnung wäre mir nicht einmal bei Tageslicht aufgefallen.

Esteban zog mich neben sich in den Sand und erklärte mir, warum er hier ist und wohin er mich bringen sollte. Sie wollten vermeiden, dass ich meinen Häschern in die Hände falle und hofften, damit weiteres Blutvergießen zu vermeiden, wenn ich nicht mehr da bin. Esteban sagte mir, dass ein Boot auf mich wartet, dass mich bis zur nächsten Hafenstadt mitnehmen wird. Sobald ich das Zeichen höre, bringe ich dich hin. Danach musst du allein deinen Weg gehen; nur, zurück kannst du nie mehr.

Der langgezogene Ton eines Nebelhorns durchbrach die Stille der frühen

Stunde und Esteban sagte, dass wir jetzt gehen müssen. Aber bleibe dicht hinter mir, wir müssen immer noch vorsichtig sein. Auf dem Rückweg werde ich unsere Spuren verwischen, denn nichts und Niemand sollte etwas mitbekommen. Wir waren am Boot angelangt und Esteban gab mir den Rucksack, den der Pfarrer ihm mitgegeben hatte. Er klopfte mir wortlos auf die Schulter und ging.

Der Bootsmann hatte kein Wort gesagt und machte das Boot zur Abfahrt bereit. Er deutete mir, dass ich nach unten in die Kajüte gehen sollte.

Während der Fahrt kümmerte sich keiner um mich. Ich kann nicht in Worte fassen, wie ich mich fühlte. Ich war allein, verzweifelt und voller Sorge um meine Familie. So langsam wurde mir das ganze Ausmaß meines Tun bewusst. Farina war tot und Michele und seine Familie wollten mich töten; ebenso wie Farinas Familie. Sie alle waren voller Hass und Wut auf mich und hatten nur den einen Gedanken... Die Familienehre wieder herzustellen.

Mama, schrie es in mir, doch auch sie hatte ich auf dem Gewissen.
In meinem Kopf erklang eine Melodie.

Der Arzt war aufgestanden und hatte seine Hände auf Milos Schultern gelegt. Er spürte, dass sein junger Patient am Ende seiner Kräfte war und das, was er bisher erlebt hatte, ihn an den Rand des Wahnsinn brachte. Sanft massierte er Milos Schultern bis er auf die Wärme seiner Hände reagierte und sein Atem nicht mehr so stoßweise kam. Sein Herz war voller Mitleid und doch war Milo nur einer von vielen, mit denen er im Laufe der Jahre in seiner Praxis zu tun hatte. Einigen hatte er helfen können, aber vielen nicht; sie blieben in der Klinik und lebten von da an in ihrer eigenen Welt. Milo, so hoffte er, war rechtzeitig zu ihm gekommen. Sein Erlebtes lag noch nicht allzu lange zurück und er hatte Glück, dass sein Anfall in der Nähe des Krankenhauses passierte und jemand vom Personal seinen Zustand richtig eingeordnet hatte.

Gerade, als ich mich der Melodie in meinem Kopf hingeben wollte, ging die Kajütentür auf und der Bootsmann sagte, dass er angekommen ist; hier sollte ich das Boot verlassen. Wo ich war, das sagte er mir nicht. Ich nahm meinen Rucksack und folgte ihm nach oben. Es war inzwischen Tag und ich sah viele kleine Boote auf denen Menschen damit beschäftigt waren, die Netze zu ordnen und die Boote fertig zum auslaufen zu machen. Es musste also ein Fischerdorf sein, denn größere Schiffe sah ich hier nicht. Keiner kümmerte sich weiter um uns und ich verließ mit dem Bootsmann das Boot. Wir gingen ein Stück durch das Dorf bis zu einem kleinen Haus vor dem ein Mann stand. Der Bootsmann redete ein paar Worte mit ihm, gab ihm einen Umschlag und ging. Du gehst mit ihm, sagte er noch zu mir. Ich wagte den Mann nicht zu fragen und folgte ihm wortlos. Um die Ecke stand ein altes, klappriges Auto in das ich einsteigen sollte. Wir fuhren aus dem Dorf und immer weiter die Landstraße hinauf. Eine unbekannte Landschaft tat sich mir auf und ich sah Häuser, wie ich sie noch nie zuvor sah. Auch waren die Menschen ganz anders gekleidet; so etwas kannte ich nicht. Als ob der Mann, meine Gedanken lesen konnte, sagte er auf einmal zu mir, dass hinten im Auto andere Kleidung für mich liegt. Die sollte ich bei nächster Gelegenheit anziehen, denn mit meinen Sachen würde jeder erkennen, dass ich nicht von hier bin und Fragen stellen. Gegen Mittag machten wir eine kleine Pause und ich konnte meine Kleidung wechseln. Der Mann hatte etwas zu essen besorgt und wir setzten uns neben das Auto um zu essen und zu trinken. Er stellte mir keine Fragen, doch seine Augen blickten gütig. Ein Auto kam die Straße entlang getuckert und es hörte sich an, als ob es kein

Benzin mehr hat und gleich stehen bleibt. Tatsächlich blieb es genau bei uns stehen und ein Mann stieg aus. Die beiden Männer kannten sich, denn ihre Begrüßung war äußerst freundlich und lautstark. Nur verstand ich kein Wort von dem, was sie sagten. Ich merkte nur, dass sie über mich sprachen, da der Mann, der mit dem Auto gekommen war, in meine Richtung blickte und nickte. Sie unterhielten sich noch eine Weile und dann winkte mich der Mann zu sich. Ich stand auf, nahm meinen Rucksack und ging zu ihm. Er deutete mir mit dem Finger, dass ich einsteigen sollte und ich tat es. Ich fragte nicht, da ich ihn sowieso nicht verstanden hätte und er mich wohl auch nicht.

Das war ein Irrtum, denn während der Fahrt fing er an mit mir zu reden.

Er erzählte mir, dass er mich noch ein Stück weiter bringen sollte, aber von dort aus musste ich alleine sehen, wie ich zurecht komme; mehr konnte er nicht für mich tun.

So war es und auf diesem Wege bin ich hier gelandet sagte ich zum Arzt und blickte ihn an.

Eine Fügung des Schicksals, dass ich ausgerechnet hier bei dem Hospital entlang gegangen bin.

Der Arzt war voller Fürsorge für mich und wollte mich in der Klinik behalten, aber ich wollte das nicht. Ich dachte, es ist besser, wenn ich weiter ziehe, irgendwohin, wo niemand meine Geschichte kannte. Ich vertraute dem Arzt auf einmal nicht mehr. Es war ein Gefühl; einen Grund dafür gab es nicht. So gab mir der Arzt noch einige Medikamente und ließ mich schweren

Herzen gehen. Er hatte alles versucht, aber er konnte mich nicht zum bleiben zwingen. Tagelang war ich unterwegs bis ich hierher kam.

Das war vor einigen Jahren.

Die Menschen ließen mich in Ruhe und wenn ich ihnen bei der Arbeit half, bezahlten sie mich und sie gaben mir Essen und Trinken. Von dem wenigen Geld konnte ich mir dieses kleine möblierte Zimmer leisten. Eine kleine Kochplatte hatte ich auch und mehr brauche ich nicht. Mein Vermieter war ein alter Mann, der den Rest des kleinen Hauses alleine bewohnte. Nicht ganz, ein uralter Jagdhund war immer an seiner Seite. Er hatte keine Zähne mehr und der Alte musste ihm das Brot in die Suppe bröckeln.

Mein knurrender Magen riss mich aus meinen Gedanken. Ich blickte nach draußen und sah, dass die Wege noch immer überschwemmt waren. Aber es half nichts, ich musste raus und mir wenigstens ein Brot beim Bäcker kaufen. Ich klopfte an die Tür des Alten und fragte, ob er auch etwas benötigt. Das machte ich immer so; wenn ich einkaufen ging, brachte ich ihm, bei Bedarf, etwas mit. Heute wollte er nichts, da er gestern erst eingekauft hatte.

Ich krempelte meine Hosenbeine hoch und machte mich Barfuß auf den Weg zum Bäcker. Außer einigen Kindern, die vergnügt durch das Wasser liefen, war niemand auf der Straße zu sehen. Es war nicht weit bis zum Bäckerladen und ich hatte ihn schnell erreicht. Ich öffnete die Tür und trat ein.

Doch dann traf mich fast der Schlag! Ich glaubte meinen Augen nicht zu trauen, ich blickte genau in das Gesicht von Nika. Das konnte nicht sein; meine Sinne mussten mir einen Streich gespielt haben. Nika, meine Freundin aus Kinder-und Jugendtagen. Sie hatte sich kaum verändert in den ganzen Jahren. Auch Nika starrte mich an, als hätte sie einen Geist gesehen.

„Milo, bist du es wirklich?", fragte sie und sah mich an.

Ich bejahte ihre Frage und fragte nun meinerseits, was sie hier macht.

Nika erzählte mir, dass die Frau des Bäcker eine entfernte Verwandte von ihr ist und sie gebeten hatte ihr im Laden zu helfen. Sie war schwanger und die Arbeit fiel ihr zunehmend schwerer. Als ihr Bruder bei uns im Dorf zu tun hatte, fragte er meine Eltern ob sie einverstanden sind, dass ich für eine Weile hier arbeiten würde.

Meine Eltern waren einverstanden, zumal es in unserem Dorf keine Arbeit gab und ich den ganzen Tag zu Hause war. Gut, ich half bei allem, aber ich verdiente kein Geld damit und so fuhr ich mit ihm und bin seit drei Tagen hier.

„Milo, ich weiß um deine Geschichte, aber von mir wird niemand etwas erfahren", sagte sie noch.

Nika fragte mich noch wo ich wohne und gab mir dann das Brot, das ich mir ausgesucht hatte.

Mir war nicht ganz wohl bei dem Gedanken, dass es hier nun jemanden gab, der meine Vergangenheit kannte. Ich hoffte, dass Nika niemandem davon erzählte, denn das würde bedeuten, dass ich fliehen musste. Ich nahm das Brot und machte mich langsam auf den Rückweg. Irgendwann holt einen die Vergangenheit ein, dachte ich bei mir. Verzweiflung überkam mich. Ich ging in mein Zimmer und legte das Brot auf den Tisch. Mein Hunger war wie weggeblasen.

Seit einer Woche hatte ich mich in meinem Zimmer vergraben. Die Wege waren inzwischen getrocknet und die Sonne schien. Ich saß am Fenster und beobachte die Menschen, die vorbei gingen. Langsam wurde es Zeit, dass ich mich wieder nach Arbeit umsah, denn das wenige Geld, das ich noch hatte, reichte nicht mehr lange. Morgen früh werde ich zum Hafen gehen und fragen, ob einer der Fischer etwas für mich zu tun hat. Gerade, als ich mein Geld zählte, klopfte es leise an meine Tür. Warum klopfte der Alte? Ich ging zur Tür und öffnete. Doch, nicht der alte Mann stand vor mir, sondern Nika. Erstaunt sah ich sie an. Was wollte sie? Der alte Mann hatte sie ins Haus gelassen und war dann wieder in seinem Zimmer verschwunden. Ich ließ sie eintreten und bat sie, sich zu setzen.

Sie war sichtlich verlegen, doch dann sagte sie, dass sie kommen musste. Sie hatte mit einer Ausrede die Bäckerei verlassen und war auf Umwegen hierher gekommen. Niemand sollte mitbekommen, wohin sie heimlich ging.

„Milo, wir waren immer sehr eng miteinander befreundet und als die schlimme Sache damals geschehen war und du fort warst, hat es mich sehr traurig gemacht. Niemand wusste, wo du bist. Es begann eine entsetzliche Zeit für alle. Wir waren voller angst. Aber ich habe immer an dich gedacht und gehofft, dich eines Tages wieder zu sehen. Nun sind wir uns hier begegnet und ich freue mich darüber. Ich weiß nicht, wie du darüber denkst, aber ich verspreche dir, zu niemandem ein Wort zu sagen, dass wir uns kennen. Wenn du in die Backstube kommst, werde ich so tun, als ob ich dich nicht kenne", sagte Nika und sah Milo an.

Ich freute mich sehr über ihre Worte und ich sagte es ihr.

Ein Lächeln glitt über ihr Gesicht.

„Ich muss jetzt gehen, aber wenn du willst, komme ich wieder", sagte Nika und ging zur Tür.

Als ob der Alte es gerochen hat. Genau in diesem Moment kam er aus seinem Zimmer und brachte Nika zur Tür. Dort sprach er noch einige Worte mit ihr und das war gut so, denn eine Nachbarin ging gerade vorbei und sah die Beiden. Aber, was ist schon dabei, wenn ein alter Mann sich mit dem Mädchen aus dem Bäckerladen unterhielt. Sicherlich hatte sie ihm nur ein Brot gebracht. Der alte Mann kannte das Leben und er wusste nur zu gut, wie schnell über alles geredet wird. Da er Nika nicht kannte und von Milo nichts weiter wusste, hatte er sich seinen Reim darauf gemacht, als sie vorhin an die Tür geklopft hatte; die Beiden kannten sich von früher. Aber er hatte gelernt zu schweigen.

Der alte Mann klopfte an Milos Tür und sagte ihm, dass von ihm niemand etwas erfahren würde; aber sie sollten auf der Hut sein und sich nur hier im Haus treffen, er würde ihnen helfen. Milo war sehr erstaunt über die Worte des Alten und bedankte sich.

„Ich kenne Nika von früher, wir waren Freunde", sagte er und der Alte nickte.

Hatte er also richtig vermutet. Er mochte seinen sehr schweigsamen, aber immer hilfsbereiten Mitbewohner. Fast vier Jahre wohnte Milo nun schon bei ihm und sie verstanden sich auch ohne Worte. Nur, dass Milo manchmal tagelang sein Zimmer nicht verließ, das machte ihm Sorgen; er wusste ja nicht, dass Milo eine kranke Seele hat und gar nicht anders konnte.

Die Zeit verging und ab und an kam Nika zu Milo. Die alte Vertrautheit hatte sich wieder eingestellt und sie freuten sich aufeinander. Nikas Cousine hatte inzwischen ihr Baby bekommen und bald könnte Nika endlich einmal in ihr Dorf fahren um ihre Eltern zu besuchen. Die Bäckerleute wollten, dass Nika auch weiterhin bei ihnen blieb. Sie konnten ihre Hilfe gut gebrauchen und Nika konnte ihre Eltern mit ein wenig

Geld unterstützen. Nika fühlte sich wohl bei ihnen und besonders, seit sie hier Milo wieder getroffen hatte. Heute musste sie Milo sagen, dass sie morgen fahren würde. Für wie lange, dass wusste sie nicht, aber sie würde zurückkommen. Milo war traurig, als Nika es ihm sagte, aber er wusste, sie würde zu ihm zurückkehren; ihre Herzen hatten sich gefunden.

Der Alte ließ Nika wie immer aus dem Haus und schloss die Tür.

Die Fahrt war lang und strapaziös bis Nika endlich in ihrem Dorf ankam. Ihre Eltern freuten sich sie zu sehen und auch über die kleinen Geschenke, die sie ihnen mitgebracht hatte. Sie hatten sich viel zu erzählen und irgendwann kam Nika an den Punkt, dass sie ihren Eltern sagen musste, dass sie Milo dort wiedergesehen hat. Abrupt verstummte das Gespräch und ihre Eltern sahen sie entgeistert an. Nika hatte schon damit gerechnet, aber sie musste ihren Eltern von Milo erzählen. War er doch der Grund, warum sie alle ihre Verehrer abgewiesen hatte. Ihre Eltern wussten es, aber sie konnten noch so viel reden, Nika hatte immer die Hoffnung, dass eines Tages Milo wieder heim kommen konnte. Es wollte nicht in ihren Kopf, dass das unmöglich war oder wenn er käme, man ihn töten würde. Es wurde ein sehr ernstes Gespräch zwischen Nika und ihren Eltern, das bis spät in die Nacht dauerte.

Am nächsten Morgen hörte Nika ihre Eltern schon in der Küche miteinander reden als sie erwachte. Schnell stand sie auf und ging zu ihnen. Die Sonne schien und sie wollte ihrer Mutter im

Garten und auf dem Feld helfen. Ihr Vater hatte bereits den Karren mit Gemüse und Obst beladen, das er oben in den Bergdörfern verkaufen wollte.

Also trank sie schnell ihren Espresso und ging dann mit ihrer Mutter auf das Feld; den Garten konnten sie später machen, da zuerst die Früchte eingesammelt werden mussten, die in der Nacht heruntergefallen waren. Ihre Mutter wollte davon Konfitüre kochen für den Winter und einiges auch verkaufen. Sie sprachen nicht viel miteinander; die Arbeit war mühsam und jeder war in seinen Gedanken noch bei dem Gespräch in der letzten Nacht. Es sprach sich schnell herum, dass Nika wieder da ist und einige Freundinnen besuchten sie. Zwei von ihnen hatten bereits ein Kind und Nika beneidete sie darum. Aber sie ließ sich nichts anmerken. Insgeheim hoffte sie, dass sie eines Tages auch mit Milo ein Kind haben würde.

Aber wie sollte das sein? Wollte er es überhaupt, oder war er vielleicht fort wenn sie zurückkam?

Sie freute sich über den Besuch der Freundinnen und sie erzählte ihnen von den Verwandten, dem Baby und der Arbeit in der Bäckerei und wie das Leben dort so ist. Sie versprach auch ihre Freundinnen zu besuchen und so vergingen die Tage mit Arbeit und gegenseitigen Besuchen sehr schnell.

Vier Wochen war Nika nun schon bei ihren Eltern und der Tag der Abreise lag nicht mehr fern. Ihr Cousin, der Bäcker, wollte sie mit dem Auto abholen.

Seit jenem Abend hatte sie nicht mehr mit ihren Eltern über Milo gesprochen.

Ihr Vater sagte, als sie zusammen beim Abendessen saßen, dass sie darüber reden müssen, wie es weiter gehen soll mit Milo und ihr. Ihren Eltern wäre es am liebsten, wenn sie Milo endlich vergessen würde. Doch das konnte Nika nicht und so sagte ihr Vater, dass es nur eine einzige Möglichkeit für sie Beide gäbe. Sie mussten in ein anderes Land gehen, wo sie niemand kennt. Das hieße aber auch für Nika, dass sie ihre Eltern nie mehr wiedersehen würde. Nika fing an zu weinen; sie liebte ihre Eltern über alles.

„Folgendes haben deine Mutter und ich uns überlegt. Du fährst zurück in die Bäckerei und bei nächster Gelegenheit nimmst du Kontakt zu Milo auf und erzählst ihm, was ich dir jetzt sage. Ich gehe einmal davon aus, dass er einverstanden sein wird, wenn er dich auch mag. Wenn nicht, musst du ihn vergessen und dich hier im Dorf nach einem anderen Mann umsehen", sagte ihr Vater.

Nika schüttelte energisch ihren Kopf; einen anderen Mann, niemals!

Sie bat ihren Vater weiter zu sprechen. Er erzählte, wie er und seine Frau es sich gedacht hatten. War Milo einverstanden, sollte er aus dem Ort verschwinden und sich nach Norden, in Richtung des großen Hafen, auf den Weg machen. Dort sollte er auf Nika warten. Denn Nika sollte mindestens noch zwei Monate in der Bäckerei arbeiten, bevor sie den Verwandten erklärte, dass sie auswandern wird.

Nika schaute ihren Vater mit großen Augen an. Sie sollte auswandern? Über das große Meer in ein anderes Land? Was hatten ihre Eltern sich bloß dabei gedacht? Doch ihr Vater sagte, dass es nur diese eine Möglichkeit gibt. Sie mussten beide in ein anderes Land auswandern, wenn sie zusammen eine gemeinsame Zukunft haben wollten.

Ihre Mutter hatte die ganze Zeit nichts gesagt; unaufhaltsam liefen ihr die Tränen über das Gesicht.

„Nika, das Geld, das wir für deine Hochzeit gespart haben, das geben wir dir. Damit kannst du die Überfahrt für euch beide bezahlen", sagte ihr Vater noch und fuhr sich mit dem Ärmel über die Augen.

Nika sah ihre Eltern an. Zwei alte, vom harten und entbehrungsreichen Leben gekennzeichnete Leute, die nur eines im Sinn hatten, das Glück ihrer einzigen Tochter.

Nika fühlte sich so traurig wie nie zuvor in ihrem Leben und doch, sie würde gehen. Sie umarmte ihre Eltern und küsste sie liebevoll. In dieser Nacht konnte keiner von ihnen schlafen; zu sehr waren ihre Gedanken bei dem nahenden Abschied, der ein Abschied für immer sein würde.

Eine letzte Umarmung.

Nika stieg zu ihrem Cousin in das Auto und blickte nicht mehr zurück. Sie hätte den Anblick ihrer Eltern nicht ertragen.

Gegen Mittag kamen sie bei der Bäckerei an und, wie es der Zufall wollte, Milo stand im Geschäft um für sich und den Alten Brot zu kaufen. Er ist also noch da, dachte Nika bei sich. Auch Milo freute sich als er sie sah, doch beide ließen sich nichts anmerken. Milo bezahlte das Brot und ging. Daheim erzählte er dem alten Mann, dass Nika heute zurückgekommen ist.

Der alte Mann nickte; er wusste, warum Milo es ihm erzählt hat.

Nikas Cousine freute sich sehr, dass Nika wieder da war und sie gab ihr gleich ihr Baby auf den Arm. Sie wollte wissen, wie es ihren Eltern geht und was im Dorf so los ist. Bereitwillig erzählte Nika und das Baby in ihren Armen krähte vergnügt dazu.

„Heute brauchst du nicht in der Backstube helfen; du kannst mit dem Baby spaziren gehen und dir einen schönen Nachmittag machen. Morgen geht es dann in aller Frühe wieder los", sagte ihr Cousin und Nika freute sich darüber. So konnte sie beim spazieren gehen ihre Gedanken etwas ordnen und innerlich ein wenig zur Ruhe kommen. Der Gedanke an ihre Eltern belastete sie schwer. Das Geld, das ihr der Vater gab, trug sie in einem kleinen Beutel unter ihrem Kleid auf ihrer Brust. Ihre Hand wanderte dorthin und sie fühlte den Beutel in dem sich ihre und Milos Zukunft befand. Sie versorgte das Baby und dann ging sie mit ihm spazieren. Am Strand suchte sie sich ein schattiges Plätzchen, breitete die Decke aus, legte das Baby darauf und setzt sich.

Schön war es hier und unter normalen Umständen gab es keinen Grund diesen Ort zu verlassen.

Der alte Mann betrat den Bäckerladen und bestellte sein Brot. Er bat Nika, es ihm zu bringen wenn es fertig ist.

Nika wusste was es bedeutete. Sie war schon zwei Wochen wieder hier und hatte noch keine Möglichkeit mit Milo zu sprechen.

Heute würde sie ihm nach langer Zeit

wieder begegnen. Sie versprach, das Brot zu bringen und der Alte ging. Am frühen Nachmittag waren die Brote gebacken und Nika machte sich sofort auf den Weg.

Der Alte Mann musste am Fenster gesessen und gesehen haben, dass sie kam, denn kaum war sie bei dem Haus angekommen, öffnete er die Tür und bat sie herein. Er nahm ihr das Brot ab und deutete mit der Hand in Richtung Milos Zimmer. Nika klopfte und Milo, der wusste, dass Nika kam, da der Alte es ihm gesagt hatte, öffnete sofort die Tür.

Stumm standen sie sich gegenüber und keiner wusste, was er sagen sollte. Es war schon eine merkwürdige Situation. Doch nach wenigen Sekunden fand Nika ihre Sprache wieder und sie sagte zu Milo, dass sie sich freut, dass er hier auf sie gewartet hat. Milo bat sie, sich zu setzen und schob ihr ein paar Kekse rüber. Es klopfte an der Tür und der alte Mann trat kurz darauf ein. Er hatte frischen Espresso gekocht und stellte 2 Tassen damit auf den Tisch. Dann ging er wieder.

Nika nahm einen Keks und trank einen Schluck Espresso. Sie sah Milo an und begann zu erzählen, welchen Plan ihre Eltern sich für sie beide ausgedacht hatten. Vorausgesetzt, er wollte mit ihr zusammen irgendwo leben. Milo sah sie an und nickte. Er konnte sich ein Leben ohne Nika nicht mehr vorstellen. Was für ein großes Opfer von Nikas Eltern. Er erinnerte sich noch ganz genau an sie. Beide waren immer gut zu ihm und er war ein gerngesehener Gast in ihrem Haus. Damals, vor vielen Jahren: es kam ihm wie eine Ewigkeit vor. Alles hatte er aufs Spiel gesetzt, als er ein Verhältnis mit Farina anfing. Nika sah, dass seine Augen sich mit Tränen füllten und sie nahm seine Hand, die auf dem Tisch lag, in ihre Hand und streichelte sie.

Sie erzählte ihm von ihren Eltern, den Freundinnen und was es sonst noch so Neues gab in dem kleinen Dorf. Mit keiner Silbe erwähnte sie seine Familie und Milo fragte auch nicht nach ihr.

Was hätte Nika ihm sagen sollen? Die Wahrheit?

Daran wäre Milo zerbrochen.

„Überlege dir alles gut und wenn wir uns das nächste Mal treffen, dann kannst du mir deine Antwort geben", sagte sie und stand auf.

Es wurde Zeit, dass sie ging, damit niemand Verdacht schöpfte. Wieder ließ der Alte sie aus dem Haus und sie sprachen noch ein paar belanglose Worte vor der Haustür miteinander bevor sie sich auf den Rückweg machte. Milo war völlig erschlagen von allem, was Nika ihm erzählt hatte und er legte sich erst einmal auf sein Bett. Es klang irgendwie alles so einfach, aber das war es nicht. Wenn er auswandern wollte, müsste er einen Ausweis haben und den hatte er nicht. Er konnte ja schlecht an den Pfarrer in seinem Dorf schreiben, dass er ein Dokument über seine Geburt benötigt, damit er sich einen Ausweis machen lassen konnte.

Er musste eingeschlafen sein, denn, als er erwachte, war es schon stockfinster draußen; also legte er sich wieder hin und schlief weiter.

Nika arbeite fleißig in der Backstube und manchmal ging sie mit dem Baby spazieren. So auch heute, als ihr der alte Mann begegnete, bei dem Milo wohnte. Sie freute sich ihn zu sehen und sie setzten sich in den Sand um ein wenig miteinander zu plaudern. Der alte Mann kam gleich auf den Punkt. Er hatte in der Zwischenzeit mit Milo gesprochen und der hatte ihm alles erzählt. Weiter sagte er, dass Milo einverstanden war mit dem Plan. Er sagte Nika, dass Milo keine Papiere hatte, aber er ihm welche besorgen konnte, ohne. Dass jemand Wind davon bekam. Nika sah ihn an; sie vertraute dem alten Mann und als er ihr sagte, dass er dafür aber 200 Lire benötigen würde, versprach sie, das Geld beim nächsten Mal mitzubringen, wenn sie Brot bei ihm ablieferte. Der Alte verabschiedete sich und meinte noch, dass er morgen in die Bäckerei kommt, um ein Brot zu bestellen. Nun wurde es also ernst. Ihr Herz fing an heftig zu klopfen und sie spürte wie eine Aufregung in ihr hochstieg. Ein wenig blieb sie noch mit dem Baby am Strand sitzen und dachte über alles nach.

Wie er gestern gesagt hatte, kam der alte Mann am nächsten Tag in die Bäckerei und bestellte sein Brot.

Nika nahm 200 Lire aus ihrem Geldbeutel und steckte sie in die Tasche ihres Kleides. Dann nahm sie das fertige Brot um es dem Alten zu bringen. Wie immer hatte er sie schon erwartet und ließ sie eintreten. Er bat Nika mit ihm in die Küche zu kommen. Sie war erstaunt, als sie Milo dort am Tisch sitzen sah. Der alte Mann erklärte ihr die Situation; alles sollte jetzt so schnell wie möglich vonstatten gehen. Schon morgen wollte er in die Kleinstadt fahren um den Ausweis für Milo zu besorgen. Milo musste mit ihm kommen, da ein Foto von ihm gemacht werden musste für den Ausweis. Er kannte Leute die das machten und es war nicht das erste Mal, dass er jemandem half einen Ausweis zu bekommen. Offizielle Stellen konnten sie ja nicht in Anspruch nehmen, das wäre für Milo viel zu gefährlich. Nika gab dem alten Mann die 200 Lire und verabschiedete sich von den beiden und wünschte ihnen, dass morgen alles gut gehen wird.

Noch in der Nacht machten sich der Alte und Milo auf den Weg.

In den frühen Morgenstunden kamen sie an einem Hof an, den der Alte zu kennen schien. Er lenkte geschickt den Eselskarren hinter den Stall und sagte

Milo, dass er hier warten soll bis er zurückkommt. Der alte Mann ging in den Stall und es dauerte nicht lange, bis er mit zwei Männern zurückkam. Die beiden Männer musterten Milo, aber sie sprachen kein Wort mit ihm. Sie unterhielten sich mit dem Alten und es schien, dass sie sich einig waren. Jedenfalls sollte Milo jetzt vom Karren steigen und mitkommen. Sie gingen alle vier in den Stall und einer der beiden Männer verriegelte von innen die Stalltür. Milo hörte sie mit irgendetwas hantieren, als es auf einmal taghell in dem Stall wurde. Grelles Lampenlicht fiel auf eine weiße Wand.

„Stell dich vor die Wand, ich mache jetzt ein Foto von dir", sagte einer der Männer zu Milo.

Milo tat was man es ihm gesagt hatte

und um Nu war alles erledigt. Die Männer löschten das Licht und nur eine kleine Laterne brannte noch.

„Ihr könnt hier bleiben und euch in der kleinen Laube im Garten hinter dem Haus ausschlafen. Meine Frau bringt euch nachher Essen und Trinken und dann sehen wir weiter was zu tun ist", sagte einer der Männer.

Der alte Mann ging voran und Milo folgte ihm.

„Es sind entfernte Verwandte von mir, daher kenne ich mich hier aus. Ab und an machen wir zusammen Geschäfte. Aber ansonsten haben wir keinen Kontakt", sagte der Alte leise zu Milo.

Sie hatten die Laube erreicht und legten sich auf die Matratzen. Es dauerte nicht lange und beide schliefen tief und fest. Sie hörten nicht mehr, dass jemand ihnen einen Korb mit

Essen und Trinken auf den Tisch stellte. Als sie erwachten, stand die Sonne hoch am Himmel. Hungrig und durstig wie sie waren, machten sie sich sofort über den Korb mit dem Essen her. Es schmeckte sehr gut und sie genossen die leckere Mahlzeit. Der alte Mann sah müde aus und er legte sich nach dem Essen auch gleich noch einmal hin. Sein Rücken schmerzte ihm. Langsam war er zu alt um viele Stunden auf dem Karren zu sitzen; es würde für ihn wohl das letzte Mal gewesen sein, dass er so eine lange Fahrt gemacht hatte.

Milo ließ ihn in Ruhe und ging vor die Tür. Dort setzte er sich unter einen Baum und döste vor sich hin.

Auf einmal hörte er Stimmen und als er aufblickte, sah er die beiden Männer von gestern Abend direkt auf die Laube zukommen. Er stand auf und da waren sie auch schon bei ihm.

„Lass uns reingehen, damit wir alles besprechen können", sagte der eine der Männer.

Milo ging mit ihnen in die Laube und weckte den alten Mann.

Die Männer hatten einen Umschlag auf den Tisch gelegt und alle setzten sich um den Tisch.

Einer der Männer holte den Ausweis aus dem Umschlag und reichte ihm den Alten. Dieser schaute ihn sich genau an und nickte dann. Er holte die 200 Lire aus seiner Tasche und reichte sie den Männern. Den Ausweis gab er Milo.

„Ich fahre gleich zurück, aber Milo muss hierbleiben. Er kann für euch arbeiten und ihr gebt ihm dafür ein Bett, Essen und Trinken. In ungefähr zwei Monaten kommt Nika hierher und dann verschwinden die beiden. Es ist wichtig, dass Milo den Hof nicht verlässt und von keinem Fremden gesehen wird", sagte der alte Mann zu den Männern.

„Du kannst dich, wie immer, auf uns verlassen; es ist ja nicht das erste Mal", antworteten sie.

Zu Milo gewandt sagte der eine, dass er in der Laube wohnen kann und wenn es Arbeit für ihn gibt, dann würde man ihn holen. Im Garten und bis zum Haus kannst du dich frei bewegen, da kommt außer uns sonst niemand hin. Meine Frau weiß Bescheid sagte er noch; sie verabschiedeten sich von dem Alten und gingen.

„Für mich wird es auch Zeit zu gehen, damit ich noch vor Einbruch der Dunkelhit wieder zu Hause bin. Ich werde mich bei Nika melden und alles weitere mit ihr besprechen wenn sie mir Brot bringt. Deine Sachen packe ich in einen Beutel und sie wird sie dir mitbringen wenn es soweit ist. Ich wünsche euch beiden viel Glück", sagte der alte Mann zu Milo und legte kurz seine Hand auf Milos Arm.

Dann ging er zu seinem Eselskarren; stieg auf und fuhr davon.

Milo blieb allein zurück und er konnte nur hoffen, dass alles wie geplant verlaufen wird.

Die Tage vergingen schnell, denn es gab reichlich Arbeit für ihn. Abends war er so müde, dass er sofort einschlief sobald er sich auf seine Matratze gelegt hatte. Die beiden Männer und die Frau waren freundlich zu ihm und das Essen war sehr gut. Frisches Obst konnte er sich aus dem Garten nehmen und ab und an bekam er auch ein Stück von dem selbstgebackenen Kuchen. Es war gut für ihn, dass seine Tage mit Arbeit ausgelastet waren, so hatte er kaum Zeit sich Gedanken zu machen oder in Melancholie zu fallen.

Der alte Mann schaffte es tatsächlich noch vor Einbruch der Dunkelheit wieder im zu Hause zu sein. Er legte sich gleich schlafen. Die Fahrt auf dem Karren hatte ihn angestrengt und morgen früh wollte er gleich in die Bäckerei gehen.

Voller Ungeduld hatte Nika auf die Rückkehr des alten Mannes gewartet, als dieser auch schon in die Backstube kam um, wie gewohnt, sein Brot zu bestellen.

,,Bringe es mir bitte sobald es fertig ist,

ich habe kein Brot mehr im Haus", sagte der Alte zu ihr und ging.

Nika war sehr aufgeregt und konnte es kaum abwarten, bis die Brote fertig gebacken waren und sie endlich zu dem alten Mann gehen konnte.

Sie klopfte an Tür und der Alte öffnete sofort.

,,Komm in die Küche; ich will dir alles erzählen", sagte er zu ihr.

Sie setzten sich an den Küchentisch und der alte Mann berichte ihr alles ganz genau.

,,Jetzt liegt es an dir, Nika. Sage mir beim nächsten Mal wann du zu ihm gehen willst und ich kümmere mich dann darum, dass dich jemand fährt. Warte nicht zu lange damit, denn irgendwann wird es auffallen, dass Milo nicht mehr hier ist und die Leute würden Fragen stellen. Ich hoffe, du hast dir etwas einfallen lassen, was du deinen Verwandten sagen willst", sagte der Alte.

Nika nickte und erwiderte, dass sie schon etwas geplant hatte, denn der Zufall war ihr zu Hilfe gekommen. Gestern, als sie, wie so oft, mit dem Baby spazieren ging, waren zwei Frauen auf sie zugekommen und sprachen sie an. Sie hatte die Frauen noch nie hier gesehen und wunderte sich. Sie erzählten ihr, dass sie von einer großen Firma aus dem Norden geschickt wurden, um in den Dörfern nach Arbeitern und Arbeiterinnen zu suchen. Eine Unterkunft würde die Firma stellen und die Bezahlung ist auch gut. Einen richtigen Vertrag sollten die Leute auch bekommen. Das klang sehr gut und Nika zeigte sich interessiert. Sie gaben Nika auch einen

Vertrag, damit sie sich alles in Ruhe zu Hause durchlesen konnte und um mit ihrer Familie darüber zu sprechen. Die Frauen wussten, dass ohne das Einverständnis der Familie niemand kommen würde. Es war damals, als sie bei der Firma arbeiten wollten auch nicht anders. Sie sagten noch, dass sie in ungefähr drei Wochen wieder hier sind, da sie noch weiter wollten um nach Leuten zu suchen.

,,Ich habe gleich meinen Verwandten davon erzählt und ihnen den Vertrag gezeigt. Begeistert waren sie nicht, aber ich sagte ihnen, dass es eine Chance für mich ist und ich könnte mit dem Geld auch meine Familie noch mehr unterstützen", sagte Nika zu dem alten Mann.

Der alte Mann hatte ihr aufmerksam zugehört und erwiderte:

„Das ist gut, dann organisiere ich alles, damit du in ungefähr drei Wochen zu Milo kannst. Wenn die Frauen zurück sind, dann unterschreibst du den Vertrag und sagst ihnen, dass du von einem Verwandten in den Norden zu der Firma gefahren wirst. Besser könnte es nicht sein. Jetzt musst du gehen, wir werden beim nächsten Mal noch einmal über alles sprechen", sagte der Alte.

Nika ging zurück in die Bäckerei und auf einmal wurde ihr ganz leicht ums Herz; bis jetzt lief alles wunderbar und bald war sie mit Milo zusammen. Dann brauchten sie nur noch zum Hafen und Fahrkarten für das Schiff kaufen, das sie in eine neue Welt bringen sollte.

Zwei Wochen später bekam Nika Post von ihren Eltern. Sie öffnete den Briefumschlag und alles, was darin war, war ein altes Foto von ihren Eltern. Auf die Rückseite hatten die Eltern zwei Herzen gemalt; schreiben konnten sie nicht und die Adresse hatte ihnen der Pfarrer auf den Umschlag geschrieben. Nika brach in Tränen aus. Ihre Eltern mussten es gespürt haben, dass sie nun bald für immer fortging.

War es richtig, was sie tun wollte? Die Eltern selber hatten ihr bei ihrem letzten Besuch zu Hause dazu geraten und den Plan erdacht. Doch in diesem Moment, als sie das Foto ihrer Eltern in der Hand hielt, wollte sie nur eines; nach Hause zu ihren Eltern. Sie warf sich auf ihr Bett und weinte bitterlich.

Es war ein hoher Preis, den sie für ihre Liebe zu Milo bezahlen musste.

Als sie sich wieder beruhigt hatte, schrieb sie einen Brief an ihre Eltern;

der Pfarrer würde ihnen den Brief vorlesen. Ihre Eltern mussten es gespürt haben, dass sie bald gehen würde und haben ihr deshalb das Foto geschickt, dachte sie bei sich.

Die beiden Frauen waren wieder im Dorf und Nika ging mit dem unterschriebenen Vertrag zu ihnen. Sie freuten sich, dass Nika in der Firma arbeiten wollte und sagten ihr, dass sie in wenigen Tagen abgeholt wird. Sie sollte zusammen mit den anderen, die auch dort arbeiten wollten, fahren.
Doch Nika erwiderte, dass ein Verwandter sie abholt und dort hin fährt; er wollte sehen, wo Nika jetzt arbeiten und leben würde. Den Frauen war es recht und sie vereinbarten den Termin wann Nika dort sein sollte. Mit ihrem unterschrieben Vertrag ging sie

zurück in die Backstube. Sie sagte ihren Verwandten, dass nun alles perfekt ist und sie in ungefähr einer Woche fahren würde. Als ob das Baby es verstanden hätte, fing es in diesem Moment an zu weinen. Schnell nahm Nika es auf den Arm um es zu trösten.

Der Alte hatte mitbekommen, dass die Frauen, die in den Dörfern nach Arbeitern suchten, wieder im Dorf waren und so ging er zur Bäckerei um sein Brot zu bestellen.
Milos Sachen hatte er schon in einen großen Beutel getan und nun ging es noch darum, mit Nika zu besprechen, wann sie abgeholt wird.
Am Nachmittag brachte Nika dem alten Mann das bestellte Brot und sie besprachen die Details. In genau sechs Tagen würden der Mann und seine

Frau, bei der Milo im Moment lebte, sie abholen. Das hatte der Alte schon so mit ihnen besprochen. Seine Frau kam mit, damit es so aussieht, als würden sie beide zu der Firma gehören. Nika hätte schlecht mit einem Mann allein wegfahren können. So war das auch geklärt und Nika ging zurück in die Bäckerei.

Es war Mittwoch und heute wollte sie das Ehepaar abholen. Sie hatte ihre Sachen gepackt, viel war es ja nicht und wartete. Ihre Verwandten sagten noch einmal, wenn es ihr dort nicht gefällt, dass sie gerne wieder zu ihnen zurückkommen kann, als sie das Auto auch schon sahen. Es hielt genau vor der Bäckerei und die Frau stieg aus, um Nikas Tasche in den Kofferraum zu stellen. Noch einmal umarmte Nika ihre Verwandten und küsste das Baby;

dann stieg sie in das Auto und der Mann fuhr auch sofort los.

„Wir haben die Sachen von Milo schon geholt", sagte der Mann zu ihr.

Als sie aus dem Dorf fuhren, kamen sie am Haus des alten Mannes vorbei. Er stand vor seiner Tür und blickte nur kurz auf.

Gerne wäre Nika noch einmal zu ihm gegangen um ihm für alles zu danken, aber das war leider nicht möglich.

Sie kamen zügig voran und gegen Mittag hatten sie den Hof erreicht. Die Frau gab Nika die Tasche und den Beutel für Milo und ging mit ihr zur Laube, wo Milo auf sie wartete.

„Du kannst heute Nacht hierbleiben und dich ausruhen. Ich bringe euch nachher noch Essen vorbei. Morgen früh wird mein Schwager euch zum Hafen fahren. Ihr kommt rechtzeitig dort an um euch die Fahrkarten zu kaufen; das Schiff wird am Nachmittag auslaufen", sagte die Frau und ging.

Nun war sie mit Milo allein. Beide waren verlegen und wussten nicht, was sie sagen sollten. Doch sie freuten sich sehr, einander zu sehen.

„Milo, bist du immer noch der Meinung, dass dieses der richtige Weg für uns ist?", fragte Nika und sah Milo an.

Milo sah ihr in die Augen und nickte.

Sie wollten sich gerade vor die Laube setzen, als auch schon die Frau mit einem Korb voller Essen kam. Beide bedankten sich und Milo dankte ihr noch einmal für alles, was sie für ihn getan hatte. Dann setzten sie sich an den Tisch und ließen sich das Essen gut schmecken. Die Frau hatte reichlich gebracht und so hatten sie noch etwas für morgen. Da sie nicht wussten, wie es da am Hafen war und ob sie sich etwas zu Essen kaufen konnten, waren sie froh darüber. Auch Getränke hatte sie genügend mitgebracht. Danach pflückten sie sich noch einige Pfirsiche im Garten.

Es war eine warme Sommernacht. Milo überließ Nika die Laube. Er selber legte sich auf eine Decke unter den Baum, der neben der Laube stand.

Am nächsten Morgen kam die Frau sehr früh zu ihnen und brachte frischen Espresso.

„Mein Schwager kommt gleich und holt euch; viel Glück wünsche ich euch", sagte sie und ging.

Nika und Milo tranken ihren Espresso, sie packten das restliche Essen und

Trinken vom Abend zuvor ein und warteten dann vor der Tür. Wenige Minuten später kam auch schon der Schwager, der sie mit dem Auto zum Hafen bringen sollte. Sie stiegen ein und los ging die Fahrt.

Es dauerte keine zwei Stunden und sie kamen am Hafen an.

„Jetzt müsst ihr euch alleine helfen, aber ihr werdet es schon schaffen", sagte der Schwager und fuhr davon.

Eine neue Welt tat sich vor ihnen auf. So viele Schiffe lagen im Hafen und eines davon war besonders groß. Sie fragten eine Frau ob sie wüsste, wo man die Fahrkarten kaufen kann. Die Frau zeigte mit dem Finger in eine Richtung und ging weiter. Komisch, warum hatte sie nichts gesagt? Was beide nicht ahnen konnten war, dass die Frau ihre Sprache nicht verstand und nur soviel wusste, dass alle, die hierher kamen, erst einmal eine Fahrkarte für eines der Schiffe kaufen wollten; deshalb hatte sie nur in die Richtung gezeigt. Nika und Milo kamen aus dem Staunen nicht mehr heraus. Was es hier alles zu sehen gab; sie blieben überall erst einmal stehen um sich alles genau anzuschauen.

Erst, als eines der Schiffe laut tutete und sie sich furchtbar erschraken, kam ihnen in den Sinn, dass sie sich jetzt um ihre Fahrkarten bemühen sollten und nicht die Zeit vertrödeln; sonst fährt das Schiff noch ohne sie weg.

Sie gingen weiter in die Richtung, die ihnen die Frau gedeutet hatte und dann konnten sie das Schild auch schon sehen, auf dem Biglietti stand. Sie klopften an und gingen hinein.

Ein freundlich blickender Mann sah sie an und fragte, was sie möchten. Nika ergriff das Wort und sagte ihm, dass sie zwei Fahrkarten für das Schiff kaufen möchten, das heute Nachmittag nach Australien fährt. Der Mann sah sie an und fragte dann nach ihren Ausweisen. Milo klopfte das Herz bis zum Hals; hoffentlich merkt der Mann nicht, dass sein Ausweis nicht von einem Amt ausgestellt ist. Doch der Mann hatte nichts zu beanstanden. Er stellte ihnen gleich die entsprechenden Papiere und die Fahrkarten für die Überfahrt. Dann erklärte er ihnen, dass sie so ungefähr drei Monate auf dem Schiff verbringen werden; es war eine weite Reise. Sie sollten gleich zu dem großen Schiff gehen. Je früher sie an Bord gingen, desto besser war es, eine schöne Kabine zu bekommen. Sie nahmen ihre Papiere, bezahlten, was der Mann verlangte und gingen gleich zu dem großen Schiff. Nika und Milo waren froh, dass alles gut gegangen war. Eine große, lange Treppe führte auf das Schiff. Oben warteten zwei Männer und eine Frau um sie an Bord willkommen zu heißen. Dann sagte die Frau, dass sie ihr folgen sollten. Sie ging mit ihnen durch viele kleine Gänge und dann noch eine Treppe hinauf. Vor einer Tür blieb sie stehen und meinte, dass dieses ihre Kabine für die ganze Zeit der Überfahrt ist. Merkt euch die Kabinennummer gut und passt gut auf den Schlüssel auf. Sie schloss die Tür auf und ging hinein; Nika und Milo folgten ihr. Mit offenen Mündern blieben sie mitten im Raum stehen. So etwas hatten sie nicht erwartet, geschweige denn, jemals gesehen. Die Frau zeigte ihnen noch das winzige Badezimmer eine gute Zeit während der Überfahrt. Alles weitere könnt ihr auf dem Zettel lesen, der auf dem Tisch liegt sagte sie noch und ging.

Nika und Milo mussten erst einmal alles ganz genau anschauen. Sie waren sprachlos und konnten es nicht fassen, dass das jetzt für die nächsten drei Monate ihr Zuhause ist. Dann fingen an zu lesen, was auf dem Zettel stand. Es gab hier an Bord einen Speisesaal in dem sämtliche Mahlzeiten und Getränke für alle Passagiere serviert wurden. Die Uhrzeiten, wann es Essen gab, waren dabei geschrieben und der Weg, wie sie dort hinkommen konnten, war aufgezeichnet. Sie hatten Glück, der Speisesaal befand sich auf ihrem Deck. Sie stellten ihre Sachen in den winzigen Kleiderschrank und setzten sich an den kleinen Tisch. Nur noch zwei Stunden bis zur Abfahrt. Jeder hing seinen Gedanken nach und sie merkten gar nicht, wie schnell die Zeit verging.

Lautes tuten schreckte sie auf und dann hörten sie auch schon die Schiffsmaschinen. Immer wieder tutete das Schiff als es aus dem Hafen fuhr. Nika und Milo gingen nach draußen um zu schauen. Viele Menschen standen am Hafen und an der Reling und winkten einander zu.

Das Schiff schaukelte leicht und sie gingen wieder in ihre Kabine; es war ja niemand da, dem sie zum Abschied hätten winken können. Der Gedanke an Zuhause machte Nika traurig. Milo bemerkte es und in seiner Hilflosigkeit nahm er eine Flasche Saft aus seinem

Beutel und reichte sie Nika. Seine unbeholfene Art rührte Nika und sie musste lächeln. Sie nahm sich zusammen, denn Milo musste es ja auch schlecht gehen; die ganzen Jahre schon.

Kurz darauf lief jemand mit einer Klingel über den Gang; es war das Zeichen, dass sie in den Speisesaal kommen sollten. Sie wuschen sich noch einmal die Hände und dann gingen sie los. Die Kabinennummer hatte Milo für alle Fälle auf einen Zettel geschrieben und in die Hosentasche gesteckt. Im Speisesaal wurden sie schon erwartet und man zeigte ihnen sofort ihren Tisch, an dem sie während der gesamten Reise sitzen sollten. Es war ein schöner Platz am Fenster. Sie konnten während des Essen auf das Meer schauen und die vorbeifahrenden

Schiffe sehen. Das Essen, das man ihnen brachte schmeckte sehr gut und es war richtig schön auf den Tellern angerichtet. Eine Vorspeise gab es auch und Nachtisch und Obst ebenfalls. Sie hatten nicht erwartet, dass sie an Bord so gut versorgt werden würden. Gesättigt und zufrieden gingen sie zurück in ihre Kabine und legten sich sofort schlafen.

Einen Monat waren sie nun schon auf See. Sie hatten in der Zeit viele Leute kennengelernt und so manche nette Stunde mit ihnen verbracht. Alle hatten sie dasselbe Ziel; sie wollten einen Neuanfang in der Fremde wagen, da es in der Heimat immer schwieriger wurde Arbeit zu finden. Es war für alle ein schwerer Entschluss, doch der Hunger trieb sie fort. Auch war ein Pfarrer mit an Bord, der sich um die Menschen kümmern sollte. Ein Raum auf dem Schiff war als Kapelle hergerichtet und jeden Sonntag fanden drei Gottesdienste statt. Auch Nika und Milo gingen dort hin; es tat gut, die Worte des Pfarrers zu hören und mit den anderen gemeinsam zu singen. Sie waren in diesem Monat zu einer Familie geworden und gaben einander Halt, wenn es sein musste. Nika und Milo hatten darüber gesprochen, sich von dem Pfarrer trauen zu lassen.

Da der Pfarrer zur Verschwiegenheit verpflichtet war, hatten sie ihm ihre Geschichte erzählt und er war damit einverstanden, sie still und leise ohne großes Aufhebens zu trauen. Auch ihm waren solche Schicksale, wie das von Milo nicht unbekannt und er hatte Mitleid mit den Beiden. Sie hatten ihm versichert, dass sie beide einander nicht zu nahe gekommen waren, auch wenn sie hier eine Kabine teilten. Sie wollten mit reinem Gewissen in die Ehe gehen.

So kam es, dass Nika und Milo an diesem Dienstag vor dem Pfarrer standen um einander das Jawort zu geben und von ihm den Segen Gottes zu empfangen. Ringe hatten sie keine, aber das war kein Problem, denn an Bord gab es einen kleinen Laden, der auch Ringe verkaufte, denn sie waren nicht das erste Paar, das sich an Bord trauen ließ. Der Pfarrer hatte für sie die Ringe besorgt und nach nur 10 Minuten waren sie Mann und Frau.

Die lange Reise näherte sich dem Ende. So schön es auch an Bord war, alle freuten sich darauf, endlich wieder an

Land zu gehen. Sie waren voller Hoffnung und Pläne. Der Pfarrer hatte ihnen erzählt, dass er mit von Bord geht: er würde dort eine kleine Gemeinde übernehmen, die auch aus Auswanderern bestand. Wer mit ihm kommen wollte, war willkommen. So wollten auch Nika und Milo sich dem Pfarrer anschließen, da sie in dem fremden Land ja niemanden kannten. Einige Auswanderer hatten in Australien schon Familienangehörige zu denen sie wollten. Der Pfarrer hatte Nika und Milo angeboten, bei ihm im Pfarrhaus zu wohnen. Nika könnte den Haushalt führen und Milo sollte das Land ringsherum bestellen, da noch alles brach lag. Einen guten Lohn sollte sie auch bekommen. Sie waren mit dem Vorschlag einverstanden und als das Schiff endlich im Hafen anlegte, gingen auch sie mit dem Pfarrer. Ein Bus wartete auf die Ankömmlinge, der sie zur Gemeinde bringen sollte.

Jetzt wird bestimmt alles gut, dachte Nika. Obwohl sie mit Milo verheiratet war, hatte er sich ihr noch kein einziges Mal genähert. Er braucht Zeit, dachte sie bei sich und sagte nichts.

Eine gute Stunde fuhr der Bus noch ins Landesinnere und dann lag die Gemeinde vor ihnen. Eingebettet in hohe Bäume und grüne Wiesen. Es sah ganz anders aus als zu Hause, aber es war ein wunderschöner Anblick. Ein Gemeindediener wartete schon auf den Bus und als alle ausgestiegen waren, begrüßte er jeden mit Handschlag und hieß alle herzlich willkommen. Er sagte, dass sie mit ihm kommen sollten, er würde den Familien die Häuser zuweisen. Es waren kleine, rot- weiß gestrichene Häuser, die von ferne wie Puppenstuben aussahen. Alles sah so sauber aus.

„Ihr beide kommt mit mir", sagte der Pfarrer zu Nika und Milo.

Sie nahmen ihre Sachen und folgten dem Pfarrer. Es war nicht weit zu laufen, denn die kleine Kirche konnte man schon von der Straße aus sehen. Neben der Kirche stand das kleine Gemeindehaus. Auch das war rot-weiß gestrichen und machte einen sehr einladenden Eindruck.

„Hier könnt ihr von nun an wohnen", sagte der Pfarrer und schloss die Tür auf.

Nika und Milo waren begeistert und zum ersten Mal sah Nika ihren Mann strahlen. Seine Augen leuchteten und er berührte vorsichtig die Wand neben sich. Auch dem Pfarrer blieb Milos

Reaktion nicht verborgen. Sollte sich nun langsam der Knoten in seinem Inneren lösen? Er hoffte es sehr für die beiden. Das kleine Haus war mit den notwendigsten Möbeln eingerichtet und es gefiel ihnen sehr. Als sie alles angeschaut hatten, verabschiedete sich der Pfarrer; er wollte das junge Paar jetzt allein lassen, damit sie ihre vielen neuen Eindrücke erst einmal in Ruhe genießen konnten.

,,Kommt morgen im Laufe des Vormittags zu mir, damit wir besprechen können, wie es nun weitergehen soll", sagte der Pfarrer beim hinausgehen.

Nika und Milo versprachen zu kommen; sie waren so dankbar für seine Hilfe.

Ein halbes Jahr lebten sie nun schon hier in der Gemeinde. Nika machte den

Haushalt und Milo kümmerte sich um den Garten. So langsam hatte dieser Gestalt angenommen und die ersten Tomatenpflanzen trugen bereits kleine Früchte. Auch die Bohnen wuchsen gut; er war zufrieden mit seiner Arbeit.

Es war ein lauer Sommerabend und Nika und Milo waren noch einmal in den Garten gegangen. Sie machten das öfter, nur, um zu schauen, ob alles in Ordnung ist. Milo war stolz auf den Garten und als Nika ihm sagte, dass er ein gutes Händchen für diese Arbeit hat, da verspürte er eine innere Wärme in sich aufsteigen; er war glücklich und seine Männlichkeit, die so viele Jahre geschlummert hatte, machte sich bemerkbar. Ein Seufzer entglitt seinen Lippen und Nika sah ihn verwundert an. Milo musste lachen; wie konnte seine Frau auch ahnen, was gerade mit ihm passierte. Hatte er doch selber schon nicht mehr daran geglaubt. Es war ja auch die ganzen Jahre kein Thema für ihn; Frauen hatten ihn nicht mehr interessiert und erst, als er Nika wieder begegnete, war es ihm ins Bewusstsein gestiegen, dass er in einem gewissen Bereich ohne Gefühl war. Milo freute sich so sehr, dass er auf einmal Nika in die Arme nahm und ihr einen zärtlichen Kuss auf die Wange gab. Nika lachte und freute sich über seine Umarmung.

Die Tage gingen dahin und alles hatte sich positiv entwickelt. Es war eine wunderbare Gemeinschaft, ja, man konnte sagen, es war wie eine große Familie; wie damals in ihrem Dorf.

Nika und Milo kamen sich von Tag zu Tag näher; sie wurden Mann und Frau. Aus der Dunkelheit erwachte die Liebe.

Als Nika einige Monate später merkte, dass sie schwanger war, machte das ihr Glück vollkommen. Ein kleines Mädchen wurde ihnen geboren und sie waren überglücklich. Zwei Jahre später wurde ihnen auch noch ein Sohn geschenkt und er machte die kleine Familie komplett. Keiner von ihnen bereute es jemals, diesen Schritt in eine neue Welt gegangen zu sein.

Milo hatte seine Vergangenheit tief in seinem Inneren vergraben und konnte, wie alle anderen auch, am Leben teilnehmen. Seine Anfälle kamen immer seltener, bis sie eines Tages ganz wegblieben.

Ihre Kinder wuchsen heran und machten ihnen viel Freude.

Doch, was außer Nika niemand wusste war, dass alles war nur möglich, weil sie schwieg. Damals im Dorf, als Milo verschwunden war, weil Michele ihn töten wollte, nahmen er und seine Familie furchtbare Rache. Sie hatten Milos ganz Familie ausgelöscht; keiner von ihnen war mehr am Leben. Es war ganz schlimm damals, das ganze Dorf war in Angst und Schrecken.

Zum Glück hatte Milo sie nie nach seiner Familie gefragt und so blieb es ihr erspart, ihn anzulügen.

Die bittere Wahrheit hätte sie ihm niemals sagen können.; sie wusste von Anfang an, dass er es nicht verkraftet hätte.

Sie liebte Milo mehr als sich selbst. Sein und ihr Glück und nun auch das Glück ihrer beiden Kinder, beruhte auf ihrem Schweigen.

Nika schwieg für immer...aus Liebe.

Wahre Liebe
findet immer
einen Weg
aus der
Dunkelheit